光文社文庫

新選組の料理人

門井慶喜

光　文　社

新選組の料理人

門井慶喜
Kadoi Yoshinobu

目次

新選組の料理人

「火ぃやっ」

という声で、菅沼鉢四郎はめざめた。

身を起こし、がらりと戸をあけて外へ出ると、三軒むこうの仏塔がたかだかと火につつまれている。

時刻は、五ツ（午前八時）。

夜はとっくに明けているにもかかわらず、仏塔から噴出する火の粉はあざやかに輝き、ぐにゃぐにゃと光の線を曳きつつ四方の屋根へふりそそいだ。火の雨はあるいは鉢四郎の頭上に飛来し、あるいは鉢四郎の住んでいる長屋のうすっぺらな板葺き屋根にも舞いおりる。

着火は、時間の問題だろう。鉢四郎は、戸のなかへ飛びこんで、

「おきよ！　おこう！」

九尺二間の裏店だから、目の前がもう畳敷きの座敷である。妻のおこうはこちらを向いて寝ていたが、うるさそうに目をさまして、

「ええ？」

顔をしかめ、小鼻をふんふん鳴らした。

夏のことだから、夜具は体にかけていない。焦げくささに気づいたのだろう、

「火！」

跳ね起きて、鉢四郎が、

「もういかぬ。そこの寺まで来ておるわ。風も強うて……」

と説明するのも聞かず、となりに大の字になっている娘の肩をゆすって、

「おきよ！　おきよ！　すぐ逃げんとっ」

おきよは、四歳。

赤ん坊のころから寝つきがよく、いちど眠ったら、

――てこでも、動かない。

というのが親の自慢のたねだった。このときも、ゆすられるまま首を左右にころがすばかり。

「ええい」

鉢四郎は両腕をのばし、娘をひょいと胸にかかえた。そのまま戸を出る。出たところで大家の利平と出くわして、

「逃げる気ですか」

利平は、血相を変えた。鉢四郎は娘を抱いたまま、

「火はどこから？」

「御所さんや」

「え！」

天子の住む、いわゆる京都御所である。鉢四郎はのちに知ることになるが、火の原因は、戦争だった。

前の年、つまり文久三（一八六三）年八月十八日、クーデターにより京を追われた長州藩は、その後もずっと、

——ふたたび我らに、もの言わせよ。

と朝廷に嘆訴していたが、朝廷はむしろ賊徒と見て、徳川幕府へ、

——京に入れるな。

とりしまりを命じた。

幕府はそれを京都守護職・松平容保（会津藩主）に命じ、容保は新選組に命じた。新選組という末端組織は、この汚れ仕事を、およそ考え得るかぎり完璧になしとげたのである。ことに三条大橋西の旅籠屋・池田屋において長州藩士・吉田稔麿をはじめとする尊攘派志士二十余名を斬殺、捕縛したことは大きく、この一件で、すっかり京の尊攘派は鳴りをひそめた。一か月前のことである。

長州藩は、逆上した。

——あまりに処分がきびしすぎる。朝廷にじかに懇望したい。

という名目で三家老がじきじきに藩兵および諸藩浪士をひきいて京をかこんだ。御所はすでに会津、桑名、薩摩などの藩兵によって警固されている。

両軍は、衝突した。

世にいう蛤御門の変である。誰かが建物を焼いたのか、それとも大砲の砲弾が破裂したのか、とにかく戦場付近から火が出た。はじめは小さなものだったが、しかしそれはおりからの北風にあおられて南へ南へと燃えひろがり、さらに東西方向へも延焼した。たまたま京では、それまで十数日ものあいだ雨が一滴もふっておらず、鴨川もなかば干上がって、

――およぐ鮎の背が見える。

と町人がうわさするほどだった。空気の乾燥がいっそう火を太らせたのだ。延焼は三日三晩つづいた。結果として、南は東寺のあたりまで、東は寺町通まで、西は堀川通までというから、要するに、京そのものの南半分が焦土と化した。

東本願寺、仏光寺、因幡薬師などの有名寺院も類焼をまぬかれず、町方では二万七千余軒が焼失した。のちのちまで、

――どんどん焼け。

と語り継がれることになる天明以来の大火だった。

そういう烈炎が、いま鉢四郎の目前にせまっている。むろん、はじめての経験だった。

表通りのほうでは荷車のがらがらという音がひびいている。町衆（まちしゅう）が逃げ出しているのだ。

大家の利平は、

「菅沼はん」

と、まがりなりにも武士である鉢四郎の姓を気安く呼ぶと、

「はよう、はよう北の建物をこわしとくれ」

ひょいと一本さしだしたのは、草刈り鎌だった。

（本気か）

鉢四郎は、返事をためらった。

利平の願いは、それ自体はよくわかる。いわゆる破壊消防だった。可燃物を除去して延焼をふせぎ、とにかく自分の長屋は死守する。しかしながら、こんな小物で、

（何ができるか）

壁一枚も剝（は）がせないではないか。だいいち、こっちの胸には娘がいる。この小さな命をまもることは、鉢四郎には、長屋の十棟（むね）や二十棟などよりもはるかに重要かつ優先すべき使命だった。

が。

結局、鉢四郎は、

「承知した」

娘をおこうに渡し、鎌の柄（え）をにぎった。

それが武士というものだった。妻子よりも世間。私よりも公。われながら人間の本性に反すると思うが、それでも手が、体が、おのずから動いてしまう。おこうは一瞬、うらめしそうな顔をしたが、

「あたし、逃げます」

言いすてると、長屋へ入ってしまった。

ふたたび出てきたときには、娘は、背中にしょっている。あいた左手に杖（つえ）をにぎり、右手には竹皮のつつみを持っていた。ゆうべ鉢四郎がつくって枕もとに置いておいたにぎりめし。傷（いた）みにくいよう塩をきつめにし、梅干しもきざんで混ぜた気づかいの一食。おこうは農家の生まれなのである。

（わしといっしょに、いてくれぬのか）

鉢四郎は、あわを食って、

「逃げるって、ど、どこへ」

「店のお客のつてがあります。伏見（ふしみ）の船宿」

「どこの船宿じゃ」

「着いたら、人をよこします」

指でつまんで襟（えり）の前をかきあわせた。そのしぐさ、みょうに色気がある。鉢四郎は不安に

なり、

「よこせよ、かならず。すぐに……」

「菅沼はん、菅沼はん」

利平が鉢四郎の袖を引いて、

「はよう、はよう建物こわしに」

「あ、ああ」

「ほかの店子(たなこ)ももう掛かっとる。わしもやる」

その手には、きらりとひらめく銀色の刃(やいば)。こちらは月代(さかやき)を剃るための剃刀(かみそり)だった。

(何をする気やら)

どうやら利平も、よほど混乱しているらしい。鉢四郎は、利平とともに駆けだした。四、五間ほど行ったところで振り返ったが、家の戸の前には、もう妻と娘の姿はなかった。

†

蛤御門の変は、その日のうちに決着がついた。長州が負け、てんでに洛外へ退散したのだ。

新選組にも、出番が来た。

——追討せよ。

という京都守護職・松平容保の命が壬生村の屯所にとどいたのである。敗兵の一部は京の南西、天王山にたてこもっていて、そこには、

——真木和泉も、いるらしい。

真木和泉は久留米の神官出身で、今回の反乱の首謀者のひとり。尊王攘夷をとなえて久留米藩の藩政をめちゃくちゃにしたあげく脱藩し、長州にくいこみ、討幕挙兵をくわだてた大物中の大物だった。

局長・近藤勇は、

「それっ」

とばかり土方歳三、沖田総司、原田左之助、永倉新八、井上源三郎など百五十名をひきいて南進し、その日は伏見の会津藩邸に宿泊した。

翌日、出発。

会津藩もまた家老・神保内蔵助を大将とする藩兵三百名を派遣した。合計四百五十名。しばらく南下して、橋本まで来たところで淀川を西へわたれば、そこはもう天王山のふもと、山崎村である。新選組と会津藩は協議の末、おのおの兵力を二分することにした。

近藤は、おのが隊士たちへ宣言した。

「わしとともに山路をのぼり、敵を討つは、永倉君および井上君とする。それぞれ二十名ずつ手勢を引きたまえ。のこりの諸君は土方君の指揮のもと、この村にて待機せよ。くれぐれ

も村人を動揺させぬよう」

「はっ」

近藤隊は、出発した。原田左之助は、

「うわーい」

両手をあげて大あくびをしつつ、しばし山をあおぎ見た。山の中腹には真言宗宝積寺の伽藍があり、山頂ちかくには牛頭天王社がひそんでいる。長州の残党は、どちらかに固まっているのだろう。

くるりと山に背を向けた。田んぼのほうへ行き、槍をすてて、ごろんと畔にあおむけになる。時刻は四ツ（午前十時）。まっしろな陽がたかだかと世を照らすなか、きびたきが甲高いさえずりを交わしている。

村内をつらぬく街道には、百名ちかい隊士がのこっている。土方がそこから、

「原田君、何をしている！」

左之助はあおむけのまま、空へ向かって、

「ご覧のとおりさ、副長さん。寝不足でなあ」

「原田君、おぬしは私や総司とともに一隊を統べる立場である。下山口をふさぎ、一瞬たりとも油断せず……」

（まじめだなあ、歳三）

苦笑いしつつ、

「ねえよ」

左之助は、あっさりと言った。

「え？」

「おっとり刀で待ったところで、俺たちには仕事はないさ。いくら長州の残党ったって、こんな小さな山にこもるくらいなら人数はせいぜい五十人か百人ってところだし、こっちは新選組の精鋭六十名にくわえて会津藩兵二百も出向いてるんだ。牛刀でうずらをさばくようなもんさ」

この男の措辞(そじ)は、しばしば切れ味がある。土方はつかつかと近づいて来て、頭のところに立ち、

「近藤さんにも、討ち洩らしはある」

「あるかもな」

左之助は、土方の影を手で払うしぐさをすると、横向きになり、ひじまくらをして、

「ま、それも二、三人だろう。下りてきたら適当にあそんでやれ」

ぐうぐう鼾(いびき)をかきはじめた。しばらくののち、

どん

ばあん

砲声が、というより爆発音がまわりの山河にひびきわたった。左之助は身を起こし、山の中腹のほうを見たが、宝積寺のへんに、

（あ、火の手が）

たしかめるや、また横になって目を閉じた。敵どもが、火薬を入れた蔵にでも火を放ったのにちがいない。

が、

「わあっ」

悲鳴を聞いて、ふたたび目をあけた。山からではない。はるか近くから聞こえてくる。

（まさか）

左之助は跳ね起き、槍をとった。

畔を走り、集落に入る。街道の左右にならぶ民家や神社、酒蔵、それに少し離れた水車小屋までが黄色い炎につつまれている。

上空がかげろうで濃密にゆがめられ、そこから烈風が吹きつけてきた。村人は、老いも若きも、悲鳴をあげつつ京方へ逃げて行ってしまった。

それを追いかけるようにして、

「歳三っ」

左之助は、炎の道を駆けた。

駆けぬけた先、村木戸にちかいところで土方を見つけた。数人の隊士たちと道ばたに立ちつつ、犬の群れでも見るような目つきで村人を見おくっている。

左之助は、その胸ぐらをつかみあげて、

「歳三、何してやがるっ」

「村を焼いている」

土方は、冷静きわまる目である。左之助はその鼻っぱしらへ、

「なぜそんな無体なことを。かわいそうじゃねえか」

つばを飛ばしつつ、

(怯懦か)

どん、ばあんの山の音で土方は錯乱したのではないか。そんなふうに想像した。ちがうと思った。この土方という男は、剣技はさほどでもないけれど、性根はしっかりしている。とりわけ一か月前の池田屋のとき、血気満々でのぞみながらも近藤や沖田らに手柄をそっくり持って行かれてからは或る種の覚悟がきまったのか、

——どんな仕事でも、俺は俺だ。

そんな貫禄がきらきらしている。錯乱などはあり得なかった。実際、土方は、

「原田君」

小憎らしいほどの手つきで身をよじり、左之助の手をふりほどくと、

「こういうとき村を焼くのは、君もわかるだろう、いくさの常道ではないか。残兵がひそんでいるやもしれんし、山上の敵の士気をもくじくことができる」

「そりゃあわかる。だがな、歳三、それは書物の正しさだろう。いてもせいぜい二、三人の潜伏兵のために一村まるまる焼いちまうなんざ、鮎いっぴき獲るために琵琶湖の水を抜くようなもんだ」

こんな切れ味のある措辞には、土方はもう慣れっこである。みだれた襟をなおし、挑発的な笑みを見せて、

「これでも遠慮したんだがな。山までは焼かなんだ」

「デレスケっ」

左之助がこぶしをかため、その左の耳をぶん殴ろうとしたのへ、

「まあまあ」

沖田総司がふわりと来て、まるで男女の仲をとりもつような口調で、

「どっちの言いぶんも一理ありだ。ね、ちがいますか。仲間われはよしましょうよ。どのみち火は消せないんだ」

両腕を入れ、あっさりとふたりを分け離した。左之助はトトとかかとでつまずきさえしたのである。膂力というより、一種の呼吸なのだろう。

「こいつめ」

沖田へ舌打ちしてみせてから、左之助は、視界にただよう黒煙をぶんと右手で払って、

「若先生は、どう言うかな」

土方を見た。村の火はやがて鎮まり、建物のほとんどが灰になったが、しのびもんはひとりも出てこなかった。

†

山の上は、夕刻、戦闘が終了した。

近藤隊は、隊士とともに参道をおりてきた。六十名、ひとりの欠けもなし。何人かは肩や臑を血でそめているが、いずれも軽傷らしく、歩く足どりもしっかりしたものだった。

待機組とふたたび合し、肩を抱きあう。左之助もさすがに、

（まあ、よかった）

ほっとする一瞬だった。近藤は隊士をあつめ、疲れを知らぬ大音声で、

「真木和泉は進退に窮し、自刃した。敵ながら樹間に幔幕をはりめぐらし、金色の烏帽子に錦の直垂を身につけて、堂々たる最期だった。ほかにも十五、六名いたようだが、全員が自刃ないし討死にした。このいくさは、われらが完璧な勝利である」

隊士たちが拳をつきあげ、

「応！」

「爾後の処理は、会津兵に一任する。われらはすみやかに武備をまとめ、淀川くだりの船に乗ることになる。よろこべよ、こんどは大坂で落武者狩りじゃ。功名の機会はつづく」

「応！」

近藤は、しかし喜色をあらわしていない。はっきりと仏頂面である。血がにじむほど唇をかんで、となりに立つ土方へ、

「なぜ焼いた」

「……」

「なぜ焼いたと聞いている。歳さん、村人がかわいそうではないか」

おしころした声が、かえって怒りの激しさをうかがわせる。左之助があわてて、

「若先生。そいつは歳三にも言いぶんがある」

と口をはさんだほど、それほど不穏な空気だった。土方は、無言で近藤を見返している。

†

大坂では、丸二日、市中探索をおこなった。

長州の残党はいなかったが、新選組の滞在中、夜盗や人斬りが激減した。京ではもはや、

——三つの子でも知っている。

といわれる雷名がすでにこの地にも達していたのである。大坂西町奉行・松平大隅守(おおすみのかみ)はよろこんで、

——貴様ども、このたびの役目まことに立派である。ついては京師(けいし)のみならず、この大坂でも市中とりしまりの任にあたるよう、ちかぢか正式に沙汰をいたす。

貴様は、ここでは敬称である。新選組は幕府にみとめられ、いよいよ勢力を拡大するのだ。

近藤は機嫌をなおし、八軒家浜(はちけんやはま)で祝宴を張ってから、三十石船(こくぶね)で帰洛した。

壬生の屯所にもどったら、会津藩の使いが来ている。中越(なかごし)なにがしという中風病(ちゅうぶう)みの老人だったが、意外な仕事をもたらしてきた。

「炊き出しを、してほしい」

「はあ」

近藤は目をまるくして、

「炊き出しというのは、その、市中の者に……?」

「さよう。粥(かゆ)をふるまうのじゃ」

老人は、説明した。

蛤御門の戦いで出た火はようやく鎮火した。残党狩りも一段落した。しかし何しろ京そのものの南半分が焦土と化してしまったため、被災者が多く、彼らは毎夜、野宿を余儀なくさ

れている。

問題は、食べものだった。彼らは腹をへらしていて、それが街の治安を悪くしている。そこで、

――わが藩邸に、来やれ。

ふれまわったのが薩摩藩だった。

東洞院錦小路の藩邸の一部を開放し、彼らは炊き出しをおこなった。大鍋をならべて芋粥を炊き、碗によそって配ったのである。これはたちまち評判となり、

――慈悲ぶかい殿様じゃのう島津様は。

――ご自身のお屋敷も焼けたいうのに。

――からいも（さつまいも）いうのも、はじめて食うが、案外うまいものじゃのう。

粥をもとめる被災者の列は、五町（約五百メートル）先の錦天神にまでつらなったという。薩摩藩は、たちまち救国の星となった。

となれば幕府も、

「町衆に、お救い米をほどこさねば」

会津の老使者は、そう強調するのだった。

「公方様（将軍）をさしおいて島津が感謝されるなど、あってはならぬ。そこでおぬしら新選組は、かねて京では名高いことでもあり……」

「ばかな」

話をさえぎったのは、土方だった。ひざを進め、露骨に顔をしかめて、

「われらは、いやしくも武士ですぞ。刀槍(とうそう)をふるうための腕を、なぜ木杓子(きじゃくし)などに」

「歳さん」

近藤はさっと目くばせすると、老使者へ、

「しばし、お待ちを」

立ちあがり、土方の肩をたたいて出て行ってしまった。

土方も立ち、あとにつづく。左之助はたまたま下座(げざ)にあって沖田総司とともに話を聞いていたが、

「俺たちも、行こう」

腰を浮かし、沖田の袖を引いた。総司はそれを振り払って、

「いいですよ、私は」

「勝手にしろ」

左之助は、ひとり別室へ入った。

すでに近藤と土方がやりあっている。土方はひそひそ声で、

「どうして断らなかった、近藤さん。武士の面目もさることながら、京はまだまだ浪士が多く、何をしでかすか知れない。われらは夜の巡察に集中すべきなのだ。炊き出しなんぞ会津

の中間小者にやらせればいいではないか。日中は、隊士を休ませねば」

「歳さん、これはご政道の話だよ」

「ご政道？」

「京の民心をつかむのは、昨今はことに重要なのだ。民心がうごけば、公家がうごく。公家がうごけば天子がうごく。薩摩はそれを利用して、ゆくゆく有利な勅令を出させようとしている」

「有利な勅令？」

「諸侯会議さ」

近藤は、説明した。従来の徳川の世においては、天下のことは、すべて将軍の一存できまる。あるいは幕閣の一存できまる。外様大名には政治参加の機会などありはしなかった。が、ここへ来て、

――薩摩、長州、仙台など雄藩代表による合議できめるべし。

そう主張して日本中の注目をあびたのは、誰あろう、外様のなかの外様である薩摩藩主の父・島津久光にほかならなかった。ペリー来航以来の急激な時局の変化につけこんで三百年の冷遇をいっきに転覆する野心は火を見るよりあきらかなのだ。

「そのために、炊き出しかね」

土方は、皮肉な笑みを浮かべた。近藤はまじめにうなずいて、

「われらもまた、民心をつかまねば」

「私たちは剣客だ、近藤さん。政治屋じゃない」

「はじめはわしもそのつもりだった。いまは情況がちがうんだよ。新選組は、もっと国の役に立てる」

(またか)

などと思いつつ、左之助は、だまって耳をかたむけている。最近この局長と副長は、しばしばこの論争をくりかえしているのだ。

新選組をあくまでも最強の警察組織であらしめたい土方と、その近年とみに高まる名声を利して国事にくいこんで行きたい近藤と。どちらが正しいというよりは、これはもう、性分というより仕方がなかった。

そういえば二日前、天王山での掃討戦(そうとうせん)のさい土方がふもとの村を焼き、近藤が激怒したことがあったが、これもつまりは両者の志向の差が如実にあらわれた結果といえる。土方は軍事を優先し、近藤は評判を優先した。

(俺は、どっちかな)

ぼんやりと思っていると、土方がとつぜん、

「原田君」

畳をたたき、こちらを向いた。

「君はどう思う、原田君。炊き出しをすべきか、せざるべきか」

「俺かい」

左之助はため息をつくと、土方を見て、それから近藤のほうを見た。

†

菅沼鉢四郎は、ひとりだった。

ひとりで被災者生活をおくっていた。あの蛤御門の事変からもう五日が経つというのに、妻のおこうからは何の連絡もない。人どころか手紙一枚よこさなかった。

伏見へは、無事たどりつけたのだろうか。店のお客のつてとやらいう船宿では、娘のおきよは息災だろうか。いじめられていないだろうか。

(伏見へ、行こう)

鉢四郎は、これまで何度そう思ったか知れなかったが、しかし、

(お客とは、どんな男や)

何かしら気がすすまなかった。結局、たったひとりで京にとどまり、鴨川の河原でたくさんの被災者とともに野宿の日々をおくるだけ。長屋は全焼したのだった。

食うものは、なし。

仕事もないし、未来の展望もない。一日一回、薩摩の炊き出しに世話になった。しかしこの日は、

――会津の殿様も、やるらしい。

そんなうわさを耳にした。この世には、被災者ほど情報に敏感な連中はないのである。

(行ってみよう)

散歩のつもりで、行ってみた。会津藩邸は洛外とはいえ、鴨川にかかる荒神橋(こうじんばし)をわたったところにあるから、感覚的には薩摩藩邸よりも近いのだ。が、

(しまった)

門のところで、はやくも後悔した。

列の長さがちがいすぎる。薩摩のそれが連日えんえんと路上につらなっていたのに対し、ここのそれは二、三十人ばかり。長蛇ではなく、どじょう程度。これはさだめし、よほど、

(不味(まず)いか)

鉢四郎は、逆に興味がわいた。どんな料理をしているのだろう。

列につき、門をくぐると、長屋と蔵のあいだの通路にどんと鉄鍋がひとつ置かれ、白い湯気を立てている。そのうしろで、

「公方様の、おぼしめしだっ」

「中将様(ちゅうじょうさま)(会津藩主・松平容保)の、おほどこしだっ」

調子をつけつつ木杓子でばしゃばしゃ粥を碗に入れているのは、ひとりの若い武士だった。浅葱色のだんだら羽織をまとっている。京では知らぬ者のない、あの獰猛凄惨の殺人組織である新選組の隊服だった。

順番は、あっというまに来た。持参の碗をさしだし、よそってもらう。碗のなかの白粥には、ところどころ、小指の先ほどの黄色い玉が浮かんでいた。

脇へ退き、両手で碗をつつんで少しすする。

「うっ」

鉢四郎は、思わず吐き出しそうになった。

黄色い玉は、丸麦だった。どういう調理をしたのだろう、芯がある上、むわっと悪臭を発している。噛んでも噛んでも腹へ落ちない。そのくせ白米はどろどろで、粥というより糊だった。

ふるまいの武士は、照れくさそうに、

「うまいか？」

鉢四郎は、首をふった。はっきりとした否定である。正直、

(斬られる)

こわかったが、まわりの被災者もいちように目をぱちぱちさせ、二度と口をつけないでいる。お世辞が通じる情況ではなかった。

鉢四郎のあとには、人はいなかった。

先に立つ連中のようすを見て、みんな薩摩へ行ってしまったのだろう。武士はざぶりと木杓子で粥をすくい、直接すすって、

「まじぃ」

横へ盛大に吐き出した。

目じりに涙がにじんでいる。鉢四郎のほうへ苦笑いしつつ、言いわけがましく、

「まじいよ、こいつは。野良猫でも前足ふって逃げちまわあ。この炊き出しをやるべきかどうか、うちの副長に『君はどう思う』ってとつぜん聞かれて、うっかり『薩摩の猿には負けたくねえ』なんて言ったもんだから責任者（せめふさぎ）になっちまったが、だめだだめだ。だめだよこれは。粥を煮るってのは、容易なもんじゃねえんだなあ」

木杓子をからんと鍋へほうり入れた。鉢四郎はうつむいて、

「……煎（い）るといいです」

「何？」

武士は、目を光らせた。鉢四郎はぼそぼそと、

「丸麦は挽（ひ）いて、煎っておけば悪臭は出ません。いいにおいになります。煮るのも麦が先。あとで米を入れるほうが……」

「お前、わかるのか」

問われると、鉢四郎はいよいよ肩をちぢめ、小声で、

「な、長いこと」

「長いこと、何だ」

「……赤んぼうの、離乳食を」

鉢四郎は、三十二歳。

備後国福山藩の出身。畳表改方という端役をつとめる父・菅沼小太郎の四男として生まれた。

おさないころから読み書きが得意で、兄たちよりできた。五歳で『論語』全文を暗唱して藩主・阿部正弘より手元金をたまわったこともあるけれど、そこはやはり四男である。成長しても役がなく、むろん跡目を継ぐこともなく、嫁をもらった長兄からは一日もはやく、

――家を出ろ。

と言われつづけた。ようやく父が、やはり端役の郡奉行付水引番・瀬戸善兵衛という男の、

――養子に。

という口を見つけて来たので、そこへ入った。善兵衛の長女・おそのの婿になったのである。

ところが。

この父娘、仲がよかった。母がわりと早くに亡くなって、ふたりきりの生活が長かったというから、

(そんなものか)

鉢四郎ははじめ好意的だったが、日が経つにつれ、

(度がすぎる)

非番の日など、三人して買いものに出たりすると、櫛や簪はおろか、古着の帯すら、

「おそのには、この柄のほうが」

父が口を出す。出しつつ、おそのの腰にさわったり、外腿をさすったりする。

へんな意図はないのだろう。帯をしめたときの着物の線をたしかめるにすぎないのだろう。

そう思いつつ、しかし不潔さは否めなかった。おそのも平気で、

「あら、父上。この色では」

などと言い返すから、結局、話をするのは父娘のみになる。鉢四郎は、蚊帳の外。まったく割って入れなかったのだ。

寝室は、さすがに父といっしょではなかった。

おそのは、鉢四郎のとなりで寝た。が、鉢四郎が男の衝動に駆られ、もそもそと夜具の下で手をのばすと、

「いけません」

おそのは決まって手を払い、襖のほうを見て、

「父上を、お起こししてしまいます」

毎晩毎晩、操をまもるような頑なさ。娘というものは、子供のころは誰でも、

——父上のお嫁になりますね。

などと他愛なく言うものなのだろうが、おそのの場合は現在でも、

(なりたいのでは)

そんな異様な生活が二年ほどつづいたころ、鉢四郎は、しばらく福山城下をはなれることになった。

城下から三里の、品治郡戸手村への出張だった。郡奉行・佐久間一政による田地の調査に同道したのである。

いったいに、中国地方の山間部というのは人々の知的水準が高い。

幕末に西洋医学を日本へ精力的に紹介した蘭方医である宇田川榕庵や箕作阮甫はともに美作国津山藩の出身だし、石見国津和野藩の典医の家に生まれた森林太郎(鷗外)は東京に出て軍医、文学者になった。この地方はわりあい物生りがよく、食べものにこまらない半面、冬の雪などで外部へ出るのがむつかしい。つまり書を読むしか仕方ないわけで、そのへんが好学の風を生んだものか。

鉢四郎の滞在先である庄屋・山川家もそんな家だった。むろん典医ほどの教養はないが、

代々うけつがれた多少の蔵書がある。

次女おこうは、当時まだ十五歳だった。化粧もしたことがないかわり、『論語』『孟子』はもちろん老荘（ろうそう）や『史記』にまで親しんでいて、この鉢四郎という都会から来た知識人の価値を、

——あ。

一瞬にして、さとるところがあったらしい。

夜ごと部屋にあらわれて話をせがんだ。もっぱら中国古典の話だった。鉢四郎が何か言うたび、

「はい」

「はい」

おこうは従順に、しかし熱心に話を聞いた。ふたりはまるで先生と生徒のように夜ふけまで語らって倦（う）むことを知らなかった。日をかさねるうち、おこうの両親も安心したものか、

——菅沼様、先に寝（やす）ませていただきます。

こうなると、ふだんは妻との性交渉のほとんどない鉢四郎である。つい、おこうを押したおしてしまう。

「よいか」

「はい」

おこうは、抵抗しなかった。

半年後、ふたたび役目で行ってみると、おこうは離れに押しこめられている。両親が世間体を気にしたのだという。会ってみると、おこうは、腹がふくらんでいた。

——本など、読ませなければよかった。

と、おこうの両親は言ったらしい。

（わるかった）

と思った次の瞬間、鉢四郎は、われながら思いもよらぬ申し出をした。

「おこう、京へ行こう」

「京へ？」

「あそこなら人気（じんき）もおだやかだし、いま諸国からたくさん人々が流れこんでいる。何かしら、稼ぎの口があるはずだ」

鉢四郎自身、もはや福山に帰ったところで家のなかに居場所はないのだった。あの仲のよすぎる父娘は、鉢四郎には、もはや飼い犬ほどの注意も払っていなかった。

おこうは顔をまっ赤にして、

「はい」

京へ行くと、しかし何の口もなかった。

というより、鉢四郎が何もできなかった。傘張りをやろうにも手先は不器用、用心棒をやろうにも剣の腕はない。

ただ字がうまかったので、長屋の路地を出たところに、

いろは指南

すがぬま

という看板を出してみたが、これもあたりはまったくなかった。習字教室もだめだったわけだ。京というのは、外部から見ると学芸文事の府のようだが、実際そのなかに入ってみると、意外なくらい商売中心の市。いろはの字など、

――読めれば、いい。

というのが一般の親たちの感覚だった。算盤はじきを知るほうが職を得るに有利なのだ。

やむを得ず、おこうが働きに出た。

宮川町の「すみ吉」という料亭で、通いの女中をはじめた。はじめて化粧をした顔はおどろくほど美しく、鉢四郎を不安にさせたが、ほかに生活の手段はなかった。おこうは、まいにち昼前に家を出るようになった。

鉢四郎は、終日、家居である。

習字の生徒を待つというより、娘の世話のためだった。おこうは京に着いてまもなく、男

の子を生んだが、それは結局、死産だった。つぎにまた懐妊し、生まれたのは、玉のような女の子。名前は、おきよとした。

おきよは乳ばなれが早かったが、そのぶん、離乳食を摂らせねばならなかった。摂らせるのは鉢四郎の仕事だった。あるいは薄い粥を煮、あるいは豆腐をすりつぶし、あるいは野菜をぐしゃぐしゃ嚙んであたえるうち、鉢四郎は、

（おや）

おのが意外な才能に気づかざるを得なかった。

（わしは、料理向きか）

一連の作業のひとつひとつが、とにかく楽しいのである。鉢四郎は中古の菜切り包丁を買った。剣の手入れなど出奔以来ろくにしたことのない鉢四郎が、この包丁の刃は、二日に一度ねんごろに研ぐことをおこたらなかった。

おこうが料亭づとめだったことも、鉢四郎の成長に貢献した。鯛のあら、昆布のきれはし、しめじの茎など、なかなか手に入りにくい食材を持ち帰ることがある上、帰宅がしばしば夜である。鉢四郎は、おこうのぶんの食事も用意したし、ときどきは朝のにぎりめしも枕もとに置くようになった。

いまはもう煮ものの、焼きものは無論のこと、毎年、祇園祭のころになると、鱧を骨切りして湯通しし、冷水に放って梅酢であえた一品をつくる。おこうもおきよも大好物だったし、

大家の利平もよろこんだが、しかしそこへこの大火である。来年の祇園祭はどうなるのか。いや、そもそもそれ以前に、

「……妻と娘は、もどるでしょうか」

鉢四郎はそう言って、ふかいため息をついた。

いつのまにか、身の上ばなしをしてしまったらしい。

一口しか食べなかった麦粥の碗は、まだ鉢四郎の手のなかにある。すっかりさめてしまっていた。まわりには、もはや被災者の姿はない。鍋にのこされた大量の粥がいまだ薄い湯気をたちのぼらせるのが哀れだった。

新選組の武士は、

「お前」

やにわに鍋の木杓子をとった。鉢四郎につきつけ、ぶっきらぼうに、

「ほれ」

「え?」

「入隊しろ。新選組に」

鉢四郎は、仰天した。ざりりと音を立てて後退り(あとじさり)して、

「そ、そんな、藪(やぶ)から棒に。むりですよ。剣の腕はからきし」

「剣はいい。これを持つんだ」

武士は、くるりと木杓子の柄を向けた。親身な、というより強制的な口調で、

「あしたから、俺のかわりにこの仕事をするんだ。お前なら適任だ。どうせ鴨川の河原あたりで野宿してるんだろ？　入隊すりゃあ畳の上でねむれる上、給金も出るぜ」

「しかし、その……」

「何だ」

「娘の世話は」

「伏見にいるんだろ？」

「いずれ帰ってくる」

「その日のために、お前は入隊するんじゃねえか」

武士はばんと鉢四郎の肩をたたいて、

「しっかりしろよ。給金が出るんだぜ。もう女房に料亭づとめをさせる必要はねえんだ。どこぞの粋な客にひっさらって行かれちまうかもなんて不毛な気づかいともおさらばできる」

最後の一句を聞いたとたん、

（そうか）

われながら、目がかがやくのを感じた。木杓子の柄をにぎり、

「私の名は、菅沼鉢四郎。お世話になります」

その刹那、相手の武士も、

「俺は、原田左之助」

やはり会心の笑顔である。ほとほと料理番がいやだったのだろう。ふたりの利害は、一致した。左之助は歌うように、

「どうすりゃ勝てる」

「え？」

「薩摩に勝つには、どういう手を打てばいいか。新選組は、気がみじかいよ。俺はあしたには長蛇の列をつくりてえんだ」

鍋の前を手でしめし、その手をすっと門に向けた。鉢四郎はちょっと考えて、

「お米の備蓄（そなえ）は？」

「三千俵」

「ずいぶん、ありますね」

「それはな」

左之助は、事情を説明した。蛤御門のいくさのあと、新選組は長州の残党を追って天王山へ討ち入ったが、そのとき山のなかの隠し蔵から玄米三千俵を押収した。おそらく兵糧米（ひょうろうまい）だったのだろう。

この討ち入りでは結局、ふもとの村を焼いてしまったため、この米も、

——村人に、さげわたそう。

という結論にいったんは達したのだけれども、その後、洛中での人道支援がきまったため、こちらへまわすことにした。村人へは、あらためて金子(きんす)での補償をおこなおうと局長・近藤勇および会津藩は協議している。

「三千俵か」

鉢四郎は、つぶやいた。

もちろん概数にちがいないし、精米すれば一割方は減ってしまう。正味は二千俵そこそこと見るべきだろう。それでも常識的に考えるなら、それはまず成人男子二、三百人を一年間たべさせられる量なのである。粥なら、さらにかさがふえる。

「なら、よしましょう」

鉢四郎が言うと、左之助はすなおに首をかしげて、

「よす？」

「粥はよして、にぎりめしにしましょう。麦はまぜない。粟(あわ)も芋も。よく搗(つ)いた白米のみを飯(めし)に炊いて」

思いきった提案である。左之助は頬を紅潮させて、

「それはいい」

鉢四郎の肩をばんばん叩いた。

「それなら薩摩の芋粥なんか目じゃない。腹もちがちがうぜ。考えてみれば、どうせお救い

米の仕事なんか一月も二月もつづけるもんじゃねえんだから、気前よくしてもたかが知れてる。気にすることはなかったんだ。でも」

きゅうに眉をひそめ、目の前の大鍋のへりを手でなでて、

「こいつで炊くのは、むつかしいぜ」

鉢四郎は、うなずいた。

左之助の言うとおりだった。何しろ白飯というのは粥とくらべると水分が少なく、火力の調整がむつかしい。ちょっとの油断でそれは生煮えになり、あるいは黒い炭と化す。

「やれるか」

左之助が、問うた。鉢四郎は、

(どうかな)

と思いつつ、しかし未知の世界にいどむ快感をぞわぞわと背中に感じている。

「おまかせを。原田さん」

†

翌日、京の街は、

――会津様が、生飯を炊いた。

うわさが瞬時にひろがった。

——銀しゃりや。銀しゃりや。

——水くさい粥とちがう。

六ツ半（午前七時）の開門と同時に、会津藩邸の門前には大行列ができた。行列は西へのび、荒神橋をこえ、御所の塀にぶつかって南へ折れて何とまあ本能寺(ほんのうじ)の門前にまで達した。薩摩のそれの何倍だろうか。長蛇というより、龍である。

左之助は、欣喜(きんき)した。地べたにあぐらをかき、

「公方様の、おぼしめしだっ」

「中将様の、おほどこしだっ」

と例の口上を述べつつ、飯櫃(めしびつ)にならべた純白のにぎりめしを一個ずつ手わたした。にぎりめしは俵形で、塩がまぶしてある。上手に炊けた米に特有の絹のような光につつまれていたが、人々の興味は、むしろその大きさに集中した。にぎりめしは、片手にあまる大きさだったのだ。

「どうだ、豪儀だろ」

左之助が自慢そうに言ったとき、目の前には、小さなじいさんがいる。ほかの者たちと同様、黒い灰のこまかく貼りついた着物をまとい、無精ひげを生やしている。典型的な被災者のなりだった。

そのじいさんが、にぎりめしをためつすがめつして、

「天明のときも、こんな豪勢なことはありませんでしたよ」

にこにこと言う。天明の大火とは、やはりこの京で起きた災害だった。京の街のほとんどが焼け、禁裏、仙洞御所、二条城、所司代屋敷、東西両町奉行所まで焼けたというから今回よりもすさまじい。その実体験があるとすれば、じいさん、いまは八十以上ではないか。

左之助はへへんと鼻をこすって、

「だろ」

「ありがたや、ありがたや」

「つぎの者」

ひょいひょい手わたすうち、飯櫃はあっというまに空っぽになるが、そのころには奥からまた新しいのを満載したお櫃が来るので、左之助は、

(こいつは、たまらん)

休むことができなかった。ゆうべは部下とともに徹夜で街を巡察していて、東本願寺と西本願寺のあいだ、中珠数屋町通ぞいの仏具商・津屋長兵衛方へ侵入しようとした盗賊三人を斬っている。

さすがに、疲れた。

「おーい。総司」

と、少し離れた場所でにやにや笑いつつ立っていた沖田総司を手まねきして、

「代われ」

「えーっ」

「お前はゆうべ非番だったろ。こっちは一睡もしてねえんだ」

その場をまかせ、奥へ行った。奥には家老屋敷があるが、裏へまわると、防火用の池のちかくで鉢四郎が飯を炊いている。

鉢四郎は、こちらに背を向けてしゃがんでいた。

新選組の隊服を身にまとい、ぶっちがいに白襷をかけて、うちわで薪の火をあおいでいる。火の上には鉄棒が横にわたされ、きのう左之助がもちいた大鍋がぶらさがっているが、それにしても薪の火は、

（おいおい）

左之助ですら不安になるほど大きかった。しゃがんでいる鉢四郎の背よりも高いではないか。

「鉢四郎」

声をかけると、鉢四郎はふりむいて、

「あ、原田さん」

煤でまっくろの顔のなか、二個の目だけが白くぎょろぎょろと運動している。

「だいじょうぶなのか、そんな大火で」

「じき落とします」

言いかけたのと、ぶしゅぶしゅ音を立てて鍋と鉄蓋（てつぶた）のすきまから熱い湯がふきこぼれたのが同時だった。鉢四郎はふたたび火に向かい、薪をつかんで横へ除（の）ける。火力を落としたのである。

「ふーん。うまいもんだな」

左之助はつぶやいたが、見ていると、鉢四郎はその後もこまかく薪を出し入れしている。そのつど鍋は反応して、おとなしくなったり、じゅうじゅうと糊を沸かしたりする。まるで鍋のなかを透視しているかのような、あざやかな鉢四郎の手つきだった。

あたりには、赤んぼうの柔肌（やわはだ）にも似た飯のにおいがただよっている。左之助はほっかりと心が安らいだ。炊ければこれをお櫃（ひつ）にうつし、壬生から連れてきた四人の農婦ににぎらせて、べつのお櫃にならべさせるのだ。

——何度炊いても、炊きあがりは完璧でした。

とは、あとで農婦のひとりが洩らした感想である。煮炊きには慣れているはずの彼女たちですら、鉢四郎には舌を巻いたのだ。

鉢四郎は、なおも火を見つめている。その背中へ、

「なあ、鉢四郎」

左之助は、声をかけた。鉢四郎はふりかえって、

「はい？」

「このお救い米の事業(しごと)が終わっても、お前さ、新選組にのこるんだろ？」

鉢四郎は、返事をしなかった。左之助は、

「なあ」

「……」

「どうなんだ」

「……」

（だろうな）

左之助は、ため息をついた。心情はわかる。鉢四郎にしてみれば、給金のためにはのこるしかないが、のこったら浪士と闘わなければならない。それが本来の任務なのだ。剣の技のない鉢四郎など、あっというまに斬死体になる。

「心配するな」

左之助は、鉢四郎の横にしゃがんで、いっしょに薪の火を見つめながら、

「俺が局長に言ってやるよ、お前はまかない専門にしようって」

「まかない、専門？」

左之助はうなずいて、

「日がな一日、めしを炊いて、お菜を煮て、魚を焼く。これまで俺たちはあまりにも飲食に気をくばらなすぎた」

左之助は、熱心に説いた。

現在、壬生の屯所では、幹部には八木家から食事が出ている。八木家というのは地元の豪農で、新選組に土地や建物を提供している、いわば大家だった。日によっては八木家ではなく、近所の料亭や仕出し屋に弁当をとどけさせたりもするけれど、とにかく左之助をふくめ、幹部の腹は問題がなかった。

問題は、三百名の平隊士だった。

彼らの食事は、自炊だった。もともと剣や槍だけが自慢のあらっぽい連中である。ろくなものをつくらないし、したがって、ろくなものを食っていない。

うまい、まずいではない。それ以前の問題だった。先日など、当番の者がうっかり福寿草を塩煮にして出したため、十数人が激しい嘔吐になやみ、大いに隊務にさしつかえたのである。

「それじゃあ、だめなんだ」

左之助は顔をあげ、鉢四郎のほうを見た。そうして、

「武士にとっちゃあ、食うのも戦いのうちなんだよ。その道の心得ある賄方がひとりいれば、やつらは……俺たちは、元気が出るばかりじゃない。隊そのものの武力が向上するんだ」

「は、はあ」

鉢四郎がなおも明確に応じられずにいると、左之助は、

「安心しな。副長助勤の俺が言うんだ、かならず通るさ。お前には、いのちの危険はない」

「ほんとうに？」

「ほんとうさ」

左之助が大きくうなずくと、鉢四郎はようやく喜色を浮かべて、

「はい！」

そうなると鉢四郎、こんな厚遇ははじめてなのだろう、なみだで声をつまらせながら、

「わ、私はこれまで、いなかに生まれ、四男に生まれて、世間から注意を向けられたことなく……」

「新選組は、みんなそうさ」

鉢四郎はほどなく、薪をすべて取り除けた。火を落としたのである。このまま少し置いてから蓋(ふた)をとれば、鍋にはまた、真珠のような白米がほっかりとふくらんでいるにちがいない。

†

その日の配布は、終了した。

大鍋で四回めしを炊き、にぎりめしを七百個くらいは出しただろうか。総司がばたばたと帰ってくる。

「私たちも、食べましょう」

手伝いの隊士とともに、全員、裏口から家老屋敷へ入った。土間のすみに、酒樽が置いてある。その上には重箱がひとつ置いてあって、にぎりめしが隙間なく詰めこまれていた。あらかじめ取り除けておいたのである。

左之助がまっさきに手でつかんで、

「うまい、うまい」

たちどころに四個、腹へ入れてしまうと、

「もう、だめだ」

ごろりと土間へ横になった。睡魔に負けたのだ。その左之助の腰を、

「起きろ。起きろっ」

蹴っとばした足がある。左之助はまっくらな沼から引き上げられるようにして意識をどんよりと取り戻すと、頭上には、憎体(にくてい)な土方歳三の顔があった。

「何だい」

身を起こし、目をこすった。

ほかには誰もなかった。戸口を見ると、光のさしこみかたが先ほどと少ししか変わってい

ない。一刻（二時間）ほどしか寝ていないのではないか。われながら不機嫌な口調で、

「何だい、副長殿。こっちは救世の業をなしたばかりだぜ」

「救世じゃない。亡国だ」

「え？」

「すぐ屯所へもどりたまえ。私もあとで行く。この落とし前はつけてもらおう。君がしたのは亡国の挙だ」

わけがわからない。左之助は井戸で顔をあらい、壬生にもどり、近藤の部屋へ行った。

「失礼します」

襖を横にすべらせ、なかに入った。鉢四郎はすでに正座していて、近藤に何か言われていたらしい。

こちらを向いて、

「あ、あ、原田さん……」

と言った顔は、涙と鼻水でぐしゃぐしゃである。いまに、

（小便も）

左之助が本気で眉をひそめたほど、それほど鉢四郎は惑乱していた。

武士と呼べるありさまではない。左之助は無視して、近藤へ、

「何のさわぎだ」

近藤は、腕を組んでいる。

よほど不快なのだろう、唇がムの字になっている。片方をもちあげつつ噛んでいるのだ。

その唇が、うすくひらいて、

「……離れた」

「え？」

「離れたのだよ。民心が」

「どういうことだ」

「左之助。おぬしは物価(そうば)というものを知っているか」

この時世。

ものの値段は、総じて上がるいっぽうだった。

六年前、幕府がアメリカ駐日総領事T・ハリスとのあいだに日米修好通商条約を締結し、つづいてオランダ、ロシア、イギリス、フランスとも同様の条約を締結すると、日本の金銀が開放され、金(きん)が大量に流出した。

具体的には金をふくむ貨幣、つまり小判などのかたちで流出した。このため国内貨幣が足りなくなり、幕府はそれをおぎなうべく金の含有率のより低い貨幣をあらたに鋳造した。こうした経済政策にさらに需給の不均衡や社会不安がくわわり、物価は上昇したのだった。

そこへどんどん焼けである。京では米、醤油、塩の値段がことに上がった。ふつうの生活

をしていた市民が米屋へかけこみ、一升につき四百文（もん）さしだしても、

――売らないよ。

追い返されるようになった。価格が倍以上になったのである。米屋がわるい、とはいえないだろう。慈善事業ではないのである。今後いよいよ値が上がるのにうっかり安売りなどしたら、つぎの仕入れができなくなる。

こういう経済的情勢のさなかに、新選組は、にぎりめしを配ったのだ。片手にあまる大きさの、つややかな、塩までまぶした無料（ただ）のにぎりめしを。したたかな京の市民のなかには、それを食うより、売ることをえらぶ者があらわれた。

つまり、転売。

転売先はもちろん社会的弱者だった。足を折って動けない被災者。育ちざかりの子供をかかえた母親。年寄り。孤児。浪人。そういうところへ意気揚々とにぎりめしを持って行き、一個百文で売る。百二十文で売る。とほうもなく高額だけれども、それでも、

――なら、買わんでもええよ。

と売り手のほうは言うことができた。くりかえすが元手は無料である。数には限りがある。濡れ手で粟もいいところだった。

そうしてこんな脱法行為を思いつくのは、もちろん社会的弱者ではない。反社会的勢力であり、社会的強者である。任侠のやつらが跳梁（ちょうりょう）し、もともとの金持ちが跋扈（ばっこ）したのだ。

いちばん目立ったのは、商家の手代とか、大寺院の寺侍とかいう何不自由のない連中だった。彼らは罹災をまぬかれ、世の混乱を見わたして、

——これは、稼ぎどき。

とばかり、きゅうに闇商人に変身したらしい。好機には敏感なのである。いずれにしても、粥ならば起こり得ない不正だった。

「わかったか、左之助」

近藤が腹の底でうなる。左之助はなお信じられない思いで、

「し、しかし、若先生、俺はじかに配ったんだぜ。にぎりめしをひとつひとつ。そんなまっとうな身なりをしたやつは、列にはひとりもなかったよ。みんな汚い着物を着て、無精ひげを生やして、どこからどうみても被災者だった」

「だから、それは被災者なんだよ」

「えっ」

「黒幕は、炊き出しには来ないのだ。被災者どもに小金をわたし、にぎりめしを取りに行かせる。それを売って大利を得るという寸法さ。被災者としても、ただにぎりめしをもらって来るだけで小金が手に入るのだから、嬉々として働くやつはいるだろう」

「くそっ」

左之助は、ばんと畳を平手でたたいた。

あの小さなじいさんの姿が思い出された。天明の大火がどうのこうのと言ってむやみに感謝していたが、そういう事情なら、なるほど、

（感謝するわけだ）

じいさんの目には、にぎりめしは、さだめし小遣い金（がね）に見えたのだろう。左之助はいまから市中へとびだして行って彼をさがしあて、斬殺したい衝動に駆られたが、むろん真の悪人はじいさんではない。その裏で糸を引くずるがしこい、飽食した連中。

（何とまあ、世間ってやつあ）

近藤は、皮肉な笑みを浮かべて、

「おかげで新選組はさんざんな言われようだよ、左之助。さすがは公儀（幕府）の狗（いぬ）ころだ、金持ちをより金持ちに、貧しい者をより貧しくしたとな。何のためのお救い米か。われわれは民心をうしなったのだ」

「そりゃあ、すまねえ……」

「すまねえですむか」

という声とともに入ってきたのは、土方だった。近藤はそちらを見あげて、

「おう、歳さん。鴨川の河原はどうだった？」

「よくないな」

土方はかぶりをふり、近藤の横にすわって、

「今回の騒動で有り金をなくした者がかなりいる。若い男も、浪人も多い。高額なにぎりめしを買わされて、あとでからくりに気づいたんだな。もはや誰はばかることなく『米屋を襲う』だの『公家屋敷にしのびこむ』だのと言い散らしている」

「では……」

「うむ。治安はいよいよ悪くなる」

「そんな」

と、左之助が口をはさみかけたのへ、土方はぐいと首をねじって、

「言っただろう、原田君。君のしたのは亡国の挙だと」

「……」

「なあ、近藤さん？」

土方が水を向けると、近藤はしっかりとうなずいて、

「そのとおりだ」

左之助は、返事に窮した。このところ政治志向か警察志向かで反目していた局長と副長が、こんなかたちで仲直りした。隊のためには慶賀すべきだろう。

「どうする、歳さん」

近藤が問う。土方は腕を組んで、

「責任の話か」

「ああ」

土方は腕を組んで、左之助をじろりとにらんでから、

「原田君は、わが隊の幹部だ。にわかに処分すれば動揺をまねく。ここはひとつ」

意味ありげな視線を近藤へおくる。近藤は、

「そうだな、歳さん」

「ああ」

ふたりの顔が、いっせいに鉢四郎のほうを向いた。

「ひっ」

鉢四郎は頭をかかえ、その場につっぷしてしまった。局長と副長が、いっせいに、

「菅沼鉢四郎。そのほう士道不覚悟につき……」

「士道不覚悟？　おい！」

左之助がさえぎるのも構わず、ふたりは簡勁（かんけい）に、

「切腹せよ」

「せ、せ」

鉢四郎は、つっぷしたまま硬直した。

土方が立ちあがり、蹴りを入れる。鍋の蓋でもひっくり返るように鉢四郎の体があおむけ

になる。ぼんやりと天井へ目を向けながら、ふるえる声で、

「せ、せ」

左之助は、

（哀れな）

目をそらした。

†

同日、夕刻。

鉢四郎は、白無垢に身をつつんでいる。

着物の衽は、左前だった。逃げられぬよう前後を隊士にかためられつつ、屋敷の中庭へまかり出る。中庭にはざっと白砂がまかれていて、その上に白へりの畳が二枚、「凸」の字なりに置かれていた。

そのうち前のほう、縦の畳の上に立つ。

背すじをのばし、端座する。目の前には白木の三方があり、三方の上には、

（かつぶし、かな）

ぼんやりと思った。鰹節ではない。姿かたちは似ているが、それは鞘なしの、小脇差の

木刀だった。鉢四郎はこれから、この木刀を、おのれの腹にあてるのだ。

（私が、腹を）

実感がなかった。新選組に入ったのは昨日のことだし、隊士として何をしたかといえば、ただ四度めしを炊いただけなのである。どこが切腹に値するのだろう。

正面の縁台から、

「菅沼、鉢四郎」

声がふってきた。

声のぬしは、永倉新八。副長助勤にして二番組組頭であり、さきの池田屋事件では近藤、沖田、藤堂平助らとともに敵中へ果敢にとびこんで奮戦した。

この切腹では、検使役をつとめる。よほど慣れているのだろう、その声には興奮や動揺のきざしはなかった。

「菅沼鉢四郎。そのほう士道不覚悟につき、切腹を申し付ける」

作法どおりの口上である。

検使役の横には、むつかしい顔をした沖田総司があるばかりだった。近藤と土方の姿はなかった。鉢四郎は、これも作法どおりに、

「お申し付け、ありがたく頂戴つかまつる」

一礼し、頭をあげた。

と。

三方の手前から奥へ、ななめに影がさしこんできた。うしろに人が来たらしい。ふりかえると「凸」の字の横置きの畳の上に、麻裃を身につけ、きれいに月代を剃った原田左之助が立っていた。

手にさげた刀がきらりと陽光を反射しているのは、これは木刀ではない。真剣だった。左之助はこれも介錯人の作法どおり、鉢四郎を見ず、立ったまま検使役に目礼した。唇は、真一文字にむすばれている。

「原田さん」

鉢四郎は、そっと声をかけた。

「あんたは、切らないのか」

左之助、無言。

あくまでも検使役を見すえたまま、まぶたも動かすことをしなかった。

(それでも、武士か)

鉢四郎は、胸のなかで罵倒した。たしかに今回、にぎりめしを配ろうと発案したのは鉢四郎である。実際の作業も主導した。けれども事業全体の責任はやはり左之助の上にあるはずで、その責任をまぬかれたばかりか、あろうことか、

(斬る役に、まわるとは)

しょせん保身家だったのだ。この程度の男を副長助勤にいただいている新選組という組織も、つまりは役所にすぎないのだろう。

「ええい」

鉢四郎は、激情とともに前を向いた。襟をひらいて右肌をぬぎ、左肌をぬぎ、上半身はだかになる。これで三方の木刀を手にとり、腹にあてれば、もちろん腹は切れないが、その瞬間すばやく介錯人が首を落とす手筈（てはず）である。この当時、臆病者の切腹にしばしば用いられた方式だった。

（りっぱに、死んでやる）

武士のたましいを見せてやる。鉢四郎は左手をのばし、木刀をにぎった。右手をそえて目の高さに押しいただき、切っ先を手前に向ける。左手で円を描くようにして脇腹をなでる。あとはもう突き立てるだけ。それですべてが終わるのである。

「やっ」

丹田（たんでん）に力をこめた刹那、

（おきよ）

目の前に、四歳の娘があらわれた。

下ぶくれの、どこか母親に似たおもざし。寝顔だった。まつ毛がこぼれ落ちそうなほど長い。あごの肌に指でふれると、ぷりぷり押し返してくる感触がある。ことばの早い子だから、目がさめれば父母(ちちはは)の上手にしゃべれぬ京言葉を上手にしゃべって笑うのだろう。

(おきよ。おきよ)

死ぬのはいやだと思ったが、上体はもう前のめりになっている。木刀をもつ手をぴたりと止めても、腹のほうが切っ先にまっすぐ突っ込んでいった。

とん。

ぶつかって、

「あ」

首のうしろで、何かが爆(は)ぜた。

娘のまぼろしが消え、灰色の紗(しゃ)が下りた。目の前の畳がきゅうに起き上がって眉間(みけん)をたたいたと思った瞬間、鉢四郎は視界をうしない、五感をうしない、虚無の世界の住人になった。

†

「死んだか」

言いながら、中庭へ、近藤勇が入ってきた。

土方もいる。左之助は懐紙(かいし)で刀をぬぐってから、そちらへ、

「ああ」

返事すると、畳の上を見おろした。

鉢四郎の胴がある。首がある。はるか前方の白砂に木刀がころがっているのは、いまの衝撃ですっとんでいったものだろう。人間とは、まことにあっけないものだと左之助は思った。

入口には、番兵役の隊士がふたり立っている。土方はそのひとりへ、

「処理(しおき)しろ」

そいつは出て行き、もどって来たときには右手に五合徳利をぶらさげている。

左之助はそれを受け取ると、しゃがみこんで鉢四郎のもとどりをつかみ、半びらきの口めがけて、なかのものを滝のように落下させた。

それは、透明な液体だった。芳香がある。じゃぼじゃぼと滝壺から飛び散ると、のどの奥が、

「がっ。ががっ」

痰(たん)がからんだような音を立てた。鉢四郎の手足が微動する。

「おい、おい、起きろい」

左之助が、のこりの焼酎をいっきに注(そそ)ぎ、からっぽの徳利で頬を打った。鉢四郎はぐったりと背をまるめ、激しく咳(せき)をしつつ上体を起こす。

はっと気づき、首のうしろに手をやった。

恐怖にみちた目でその手を見た。たった一滴の血もついていない。

「こっ、こっ、ここは」

「三途(さんず)の川じゃねえぜ」

左之助は苦笑いして、

「壬生の屯所だ。峰打ちだよ」

「いったい、どういう……」

「菅沼鉢四郎は、死んだのだ」

近藤の声がした。

気がつけば、縁台に尻をのせている。検使役・永倉新八の左手前で、まるで夕すずみ中の人のように片足だけを縁台に乗せて、

「きょうの昼、おぬしに切腹を言いつけたときは、わしは本気じゃった。歳さんもそうだったろう。が、左之助の言いぐさを聞けば一理ある。わが隊は、食いものが貧しい。それひとすじに精勤する賄方がたしかに必要なのだ。そのいっぽう」

近藤は、説明をつづけた。そのいっぽう、新選組とは命を懸ける集団である。下男や馬丁(ばてい)ならともかく、いやしくも武士に生まれた男がひとりだけ巡察に出ません、戦場に出ません、屯所でぬくぬく火の番をしていますでは他の隊士の士気にかかわる。しめしをつける必要があるのだ。

だから鉢四郎にも、いのちを出させた。いざとなれば腹ひとつなど、

――かんたんに切れる。

そう証明させようとした。そこで関係者全員、口裏を合わせ、永倉新八もまきこんで、

「この芝居を打ったのさ」

近藤は、永倉へ笑ってみせた。鉢四郎は、

「じゃあ、じゃあ私は……」

「不恰好だが、まあ、腹を切ったとみとめよう。ひとたび死んだ身だ、今後は誰をはばかる必要もない。われらとともに民心をつかみ、京の街を安寧からしめるよう相勤めるのじゃ」

「あ、ありがとうござ……」

平伏しかけて、鉢四郎は、

「あ、あの」

「何だ」

「私はもう、ずっと壬生から出られないので？」

「不満があるのか」

「ありませぬ」

鉢四郎は即答し、しかしたどたどしく訴えた。自分には妻子がいること。このたびの大火でおそらく伏見へ避難したこと。いっしょに暮らしたいなどとは言わぬが少なくとも自分のこの境遇は伝えてやりたいこと。

「安心しな」

背後から声をかけたのは、左之助だった。

「俺たちは、これから大坂でも市中とりしまりの任にあたる。お奉行様に言われたんだ。お前もときどき同道しろ。この意味わかるな？」

「はい！」

鉢四郎は、喜色をあらわにした。京、大坂の往復には淀の川舟をつかう。京方の終点は伏見である。鉢四郎はおりにふれ妻子に会う時間ができるだろう。

鉢四郎は立ちあがり、近藤へ、土方へ、永倉へ、総司へ、それからあらためて左之助へ、

「ありがとうございます」

律儀な男なのである。空は、ようやく夕暮れだった。柿をふくらましたような大きな夕陽(ゆうひ)がゆっくりと西山のむこうに落ち、灯を消した。その夜はひさしぶりに涼しかった。

ぜんざい屋事件

新選組の賄方となり、約三百名の隊士の胃袋をあずかる身になると、菅沼鉢四郎は、

（こいつは、おもしろい）

胸のはずむ毎日だった。

隊士たちへの給食は、朝夕二度。

一度につき、にぎりめしを二個ずつくばる。添えものの古漬や佃煮などは近隣の農家にとどけさせるが、米は、

——武士の、いのち。

とされる世である。人まかせにはできないので、毎度毎度、鉢四郎自身が十七升ほど炊きあげる。

なかなかに重労働だけれども、料理は好きだし、自負もある。

「お前が来てから、腹のへるのが楽しみになった」

などと誰かに言われればいっそうやる気も出る。何より、ほかの隊士のごとく不逞浪士とわたり合って、

（死に急ぐことを、せんでいい）

もちろん、こんな本音は、口に出すわけにはいかないが。剣の腕はからっきしだった。

†

入隊後、一か月ほど経った或る日のこと。

鉢四郎はいつもどおり暗いうちに起き出した。

新選組はこのとき、壬生村の豪農・前川家とその周辺を屯所としている。炊事場は、前川家の母屋のそれだった。寝間から廊下へ出、眠い目をこすりこすり広大な土間へおりると、右手奥の壁に向かって流し場があり、左手には竈がふたつ、手前と奥にならんでいる。

竈は、ふたつとも鉄の羽釜が置かれている。ゆうべのうちに仕込んでおいたのだ。羽釜のなかには、といだ白米とたっぷりの水。ほんのわずか塩も入れるのが鉢四郎の流儀だった。

しばらくそこに立っていると、がたがたと戸外へ通じる杉戸がさわぐ。鉢四郎が心張棒をはずしてやると、戸が横すべりして、

「おはようございます」

下僕の勘太が、黄色い乱杭歯を見せた。

もう七十になろうという元中間だが、しばしば小さな遅刻をして来る。老人は朝が早いという世の常識には、

──例外もあるのだ。

と主張しているかのような生活態度である。

「おそいぞ、勘太。まじめに生きろ」

たしなめる口調も、われながら、

(堂に、入ってきた)

鉢四郎は満足しつつ、火打ち石を鑽り、木くずに火をつけ、それを竈の薪にうつした。

薪は、黒木である。

京の市中を売りあるく大原女から買った。なかなか着火しないかわり、すれば火力がかなり強い。鉢四郎と勘太がそれぞれ竹筒でぷうぷう息をおくってやると、炎が肥え、羽釜をあぶり、たちまち重い木ぶたから熱い白濁がふきこぼれた。

鉢四郎は、燃える薪を素手でつかんだ。

ひょいひょいと竈の外へ出し、火をよわめる。

「番をしろ」

と勘太へ言いつけると、鉢四郎はたばこ盆を手にさげて、ひとり戸外へ出るのだった。炊きあがるまで、

(しばし、休憩)

手近な石に腰をおろし、一服のむ。このひとときが一日でいちばん好きだった。

東のほうに目をやれば、なだらかな東山の山なみの向こうに紅梅色の太陽が上三分の一を出している。その上空には、たかだかと、型紙で描いたかのように規則正しくいわし雲がならんでいた。雲というより、天穹そのものが高くなっている。

地上のどこかで、

くわん

くわん

と木槌の音がひびいているのは、家か寺かの新築なのだろう。長州兵が御所を襲撃した蛤御門の変の兵火がひろがり、中京、下京がほとんど灰になってしまったあとで、街はこのごろ、ようやく復興がはじまっている。

(あの火事が)

鉢四郎がため息をつき、顔を手で覆う。気をとりなおしてハタリと煙管の灰を落としたところへ、

「よお」

門のほうから姿をあらわしたのは、副長助勤・原田左之助だった。

鉢四郎より七つ年下の二十五歳だが、そもそも鉢四郎を新選組へ引きこんでくれたのはこの男である。ごく自然に先輩面をして、

「元気そうだな」

「ええ、まあ」

「近ごろは見ちがえるようだぜ、鉢四郎。ぱっ、ちぱっ、ちだな」

意味がわからない。おそらくは活潑潑地（かっぱっぱっち）、つまり生き生きしているということなのだろうが。鉢四郎は点頭して、ちらりと杉戸をふりかえって、

「めしは、もう少し。いま炊いてます」

「いらねえ」

「え？」

「俺はいらねえよ。夜船（よふね）さ、夜船」

簡潔に述べた。左之助はこれまで四、五日のあいだ隊務で大坂に出張していて、きのうの晩、むこうを出たのだという。

八軒家浜から淀川をさかのぼる三十石船に乗り、めしを食って寝た。未明に伏見から陸（おか）にあがり、歩いて屯所まで帰ってきたが、

「どうも、乗りものってのは食い気が増すな。まだ腹がへらねえんだ」

大げさに腹をなでてみせた。

（伏見）

鉢四郎は、どきりとする。脚のあいだへ顔を埋めんばかりに下を向いて、

「あ、あの」

「何だい」

「伏見は、その……」

「はっきり言え」

「妻子が」

鉢四郎は顔をあげ、たどたどしく語を継いだ。

蛤御門の変のとき、京の街が焼けた。鉢四郎はそれまで妻のおこう、四歳になる娘のおきよと三人で長屋の一間に暮らしていたが、火がせまるや、妻はぐったりと眠る娘をおぶって、

――店のお客のつてがあります。伏見の船宿。着いたら、人をよこします。

あっさり逃げた。鉢四郎は置き去りにされたのだ。

店というのは、宮川町の「すみ吉」という料亭である。おこうは通いの女中をしていたのだ。身上もちの商人や侍など、鉢四郎よりも遥かに人望も経済力もある客も来るらしく、

（どんな客が）

鉢四郎はかねて気になっていたのだが、結局、おこうは逃げたきり、人どころか手紙一通よこすことをしなかった。

鉢四郎から見れば、音信不通である。

住所はおろか生死もわからない。長屋は全焼したけれども、大家の利平に、

「私あてに人や手紙が来たら、かならず壬生の屯所へさしまわしてくれ」

と念を押してあるのだから、不達はあり得ぬはずだった。利平もまさか、京の人々に、

――壬生浪。

と呼ばれ豺狼視されている新選組の御用をおこたったりはしないだろう。

いや、

（どうかな）

鉢四郎は、火事の直後に入隊したわけではない。入隊の前にほんの数日、鴨川の河原に起臥した。そこは京のいたるところから被災者のあつまる避難所になっていたのである。

そのあいだにおこうが人をさしむけたとしたら、その人は、あるいは全焼した長屋をまのあたりにして、

――鉢四郎は、焼け死んだ。

などと早合点したかもしれない。おこうにそう報告したかもしれない。とにかく鉢四郎には、この一か月はあっという間だった。妻子の生死を案じつつ、しかも同時に新選組という新しすぎる環境におろおろする日々。一か月前のささやかな長屋ぐらしが、流行らぬ書道屋稼業が、三十年前のように思われる。

「だから、原田さん」

鉢四郎は腰を浮かし、煙管をすてて、

「この前も言ったじゃありませんか。おこう、おきよをさがしてください。お願いします。原田さんは最近よく大坂へ行くじゃありませんか。伏見なら、その行きかえりに……」

「ばか！」

左之助は二本の指をそろえ、トンと鉢四郎のひたいを突いた。

指とはいえ、宝蔵院流の槍の名手の刺突である。鉢四郎はがくりと首をうしろへ折り、尻もちをついた。

左之助、さらに叱声を投下する。

「つまらんことは忘れろ、鉢四郎。お前ももうわかっただろう。新選組の組下はなあ、いくら高値な給金がもらえるからって、所帯なんぞ持てねえんだ」

これは、左之助の言うとおりだった。近藤勇、土方歳三のような幹部はともかく、平隊士となると鉢四郎の知るかぎり誰も妻帯していない。隊規で禁じられているわけではないのだが、しかし新選組というのは元来が、次男、三男以下の集団である。長男はたいてい継ぐべき家があり、命大事にされるから、こんな修羅場には来ないのだ。

彼らは継ぐべき家もなく、子孫を期待されもしない。結婚の理由のない所以だった。また実際、いつ死ぬかもわからぬ戦闘集団の一員に、

――娘を、やろう。

などという物好きな父親はどこの世間にもないだろう。新選組とは、ひっきょう独身者の

巣なのである。そこでは世間なみの幸福は、望むだけで重罪なのだ。

「し、しかし」

鉢四郎は片膝立ちになり、なお食いさがる。左之助の着物の裾へすがらんばかりに、

「原田さん、私はちがう。伏見に、伏見に……」

「なさけねえ面しやがって」

左之助は、こんどは鉢四郎の頬を平手で打って、

「性根のすわらねえやつ。ぐだぐだ言うと腹ぁ切らせるぞ」

そこまで言われれば、もはや話はつづけられない。鉢四郎はうなだれた。左之助は、

「忘れろよ、もう」

強すぎる口調でだめを押すと、きびすを返し、早足で行ってしまった。その背中を見つめながら、鉢四郎は、

(原田さん、何か知っている)

その疑念が、はじめて湧いた。

論点がずれている、というより、わざと左之助がずらした感じだった。鉢四郎が問うたのは隊士一般の結婚の可否ではなく、鉢四郎個人の妻子の安否なのである。

(伏見へ、行かねば)

胸がにわかにふくらんだとき、杉戸のなかから、

「菅沼さん、菅沼さん」

勘太の呼ぶ声がした。そろそろ、めしが炊きあがるのだろう。

†

いっぽう、左之助。

それから三日しか経たないのに、近藤勇の部屋に呼ばれて、

「大坂へ行ってくれ」

「またですか」

「そんな顔するな」

近藤は、苦笑いした。上洛以前からの仲なので、おたがい遠慮の必要がない。左之助はその場へあぐらをかき、背中のうしろに両腕を立てて、

「こんどは、どこです」

「大坂南組の下寺の街に、万福寺という浄土宗の寺がある。視察してほしい」

「新選組も、変わりましたな」

「何?」

「こんな役人じみた仕事のために、俺たちは江戸を発ったんですかね」

「これも、いくさの一種だよ。本営をどこに設けるかは、勝敗を決する大切な要素だ」

新選組と大坂は、最近にわかに縁がふかまっている。

蛤御門の変において京から長州兵が撃退されると、その残党を追って新選組は山崎へ、大坂へと足をのばしたが、そのはたらきに目をとめた大坂西町奉行・松平大隅守が、後日、会津藩を通じて、

――今後は京師のみならず、この大坂でも市中とりしまりの任にあたるべし。

と言ってきたのである。

新選組は、これを受諾した。

上からの命令ということもあるが、近藤はやはり勢力拡大をよろこんだのだろう。何しろ大坂というところは、

――出船千艘、入船千艘。

といわれるほどの日本海運の結節点で、全国のあらゆる物資がここに集まり、また出ていく。事実上の通用貨幣というべき米ですら例外ではない。街そのものの資本力では、京はもちろん、江戸をもしのぐ大都市なのである。

「功名の機がふえたぞ、諸君」

そうなると、まずしなければならないのは、屯所の設営である。

京の壬生ほどではないにしても、三、四十の隊士を常駐させられる広さがあり、城や街に

ちかい場所がもとめられる。じつを言うと三日前、左之助が行ったのは、

——天満組郊外北野村の農家、長瀬七右衛門方はどうか。

という話があったためなのである。広さは、三百人をも容れられるほどという。

しかし実際、下見したところ、

「だめだ、こりゃあ」

左之助は、あっさりと匙を投げた。まわりに田んぼしかない上、道が突き固められていない。雨の日には膝まで没する泥濘になやまされること確実だった。

壬生へかえり、

「むだ足だったよ、若先生」

と報告すると、近藤は舌打ちして、手を合わせて、

「悪かったなあ、左之さん」

その悪かったなの舌の根もかわかぬうちに、もう近藤はつぎの視察を命じたわけだ。左之助は立ちあがり、うんと渋っ面をしてみせて、

「わかりましたよ」

一刻後。

左之助は、屯所を出た。

旅じたくは、していない。着ながしのまま、下男もつれず門を出た。伏見で夜船をつかま

えれば、あすの朝には、

(大坂に、着く)

などと思いめぐらしつつ、松原通（まつばらどおり）を東へ行く。まだいちめんの焼け野原、人骨の灰の散らばっている街中（まちなか）をとおり抜けて松原橋をわたり、宮川筋を南へ折れれば、左右には料亭やお茶屋、置屋（おきや）がびっしりと軒をつらねている。

夢を見ているような変わりぶり。さしもの大火も鴨川を飛び越すことはなかったのだ。歩くうち、安心感が胸に湧く。まだ船出には時間もあることだし、どこぞで一杯、

(ひっかけようか)

と、道のむこうから、ひとりの痩せた中年男がこちらへせかせかと歩いてきて、

「原田さん！」

しまった、と左之助は思った。

鉢四郎である。夕めし前の手すきの時間を利用して、妻子の手がかりを得に来たのだろう。

そういえば、鉢四郎の妻女はこの宮川町の料亭で通いの女中をしていたのだった。

鉢四郎は、左之助の進路をふさぐよう立ちどまり、

「どこへ行かれる？」

「大坂へ」

と言う気はなかった。言ったら、またぞろ伏見、伏見になる。もずの高鳴きのようなもの。

「ああ、何だい、鉢四郎、ちょいと鹿を見にな。奈良へ」

「大坂ですね」

「……まあな」

左之助は、ため息をついた。われながら嘘がへたすぎる。

「伏見には、私の妻子が」

「知ってるよ」

「私は、いま」

鉢四郎は、なごり惜しげに背後を見、ふたたび左之助のほうを見て、

「妻の出ていた店へ行き、話を聞かせてもらったのです」

「手がかりは？」

「ありませんでした。店へも連絡がないらしく、給金（てあて）の払いも時効（てぎれ）だと。私はもう屯所にもどらねば」

鉢四郎、ありありと肩を落としている。左之助はその肩をぽんぽんと叩いてやりながら、

「そう弱気になるな。いずれ吉左右（きっそう）もあるだろうよ」

「原田さん、ほんとうに何もご存じないので？」

「おっと、船出の時間がせまっている」

左之助は手をひっこめ、鉢四郎の横をすりぬけて行こうとした。じつのところ、

（知っている）

だからこそ、一刻もはやく去りたかった。鉢四郎は果敢にも、ぐっと左之助の二の腕をつかんで、

「まだ日は高う」

左之助はその手をふりはらって、

「伏見でも、いろいろ隊務があるんだよ。局長じきじきの密命でな」

「うそでしょう」

「じゃあな」

足をふみだした。真剣の立ち合いでは敵に背を見せたことのない左之助が、このときは、くるりと鉢四郎に背を向けて脱兎のごとく走りだした。

†

翌朝、八軒家浜で淀船をおりると、左之助はそのまま万福寺へ向かった。境内の規模といい、街との距離といい、

（これは、いい）

大いに気に入ったけれども、住職に話をすると、鼻のあたまを毛虫でも這ったような顔を

して、

「あきまへん」

「お上の御用だ。借料は、はずむぜ」

と言っても、

「あきまへん」

なにわの坊主は、ときに、なにわの商人よりがめついといわれる。その坊主が金はいらんと言うのだから、これはもうよほど、

（新選組が、いやなんだな）

なるほど屯所になれば拷問もある、処刑もある、きっと切腹もあるだろう。微量でない血がながれるのは確実だった。

超特級のなまぐさもの。左之助はあっさりと交渉をうちきり、

「また、来るよ」

その足で、大坂の大動脈というべき堺筋を北上した。

日本橋をわたり、三ツ寺筋を左へ折れる。京とおなじく碁盤の目状なのでわかりやすい。まっすぐ行くと西横堀川にぶちあたるが、これを木綿橋でこえたところが南堀江町だった。

南堀江町は、もともと湾岸の低湿地だったところを埋め立てた町。水運の便がいいため、むかしから荷受問屋、炭問屋、船具問屋などの巨大な蔵がならぶ、或る意味もっとも大坂ら

しい日本の物流拠点だった。

その町内に、酒問屋がある。

左之助はその蔵のひとつへ入り、あたりまえの足どりで梯子段を上がった。二階は、剣術道場になっている。

ばちん
ばちん
と小気味いい音を立てて、十人ほどの防具をつけた男たちが竹刀を打ち交わしていた。なかには稽古用のタンポ槍で立ち合っている組もあるが、これはもちろん、派手な音は出ない。気合いの声がそこここで空気を裂く。

「来たぜ」

と声をかけると、槍の男のひとりが面金をはずし、しもぶくれの顔の汗をぬぐって、

「やあやあ、左之助はん」

道場のあるじ、谷万太郎だった。いつもなら流暢な上方ことばで、

「よう来なはった。どや、そのへんで」

などと陽気に飲みにさそうのだが、しかしこの日ばかりは青ざめた顔で、

「左之助はん。軍議や」

「軍議？」

「外では話せへん。こっちへ」

左之助の手をとり、道場のすみへ引っぱって行った。

谷万太郎、三十歳。

左之助の五つ年上。じつは新選組隊士である。もともとは備中松山藩の藩士の家に生まれたけれども、兄・三十郎が上司と喧嘩して追放され、三男・喬太郎ともども路頭にまよった。

三兄弟は、仲がよかった。

そろって大坂に出て、この地で道場をひらいた。第一次大坂時代というところか。三人とも剣や槍の腕前はかなりのものだし、人あたりもよかったから、道場はなかなか繁盛した。六、七年もがんばったが、時勢はいよいよ急を告げている。

――わいらも、こんなところで埋もれておれん。

道場をたたみ、上洛し、まとめて新選組に入隊した。二か月前に過激派志士約三十人を斬殺ないし捕縛したいわゆる池田屋事件のときにも三人はそろって出動し、それぞれ手柄をあげ、会津藩から報奨金ももらったのである。

その後、近藤勇はじめ土方歳三、井上源三郎、沖田総司、武田観柳斎といった幹部どころが会議をひらき、

――このさい、大坂にも支部を設けてはどうか。

ということになった。

京にひそむ過激派浪士には長州、土佐の出身者が多く、そいつらは京のほか大坂にも隠れ家をもっていることが判明したからである。池田屋でとらえた志士のひとりがすべて吐いた。京をまもるには、まず大坂をまもらねばならないのだ。

近藤は、万太郎を呼び出して、

「新選組のほこる谷三兄弟の次男である君に命じる。大坂で、ふたたび道場をひらいてくれ」

「承知しました」

というわけで、万太郎は、こうして槍の師範をやっている。場所もおなじこの酒問屋の二階。いうなれば、第二次大坂時代だった。このたびは兄も弟もいないので、万太郎は槍も剣も指導するのだが、道場主をやりながら浪士の動静に目を光らせていることは言うまでもない。大坂西町奉行ごときに仰々しく市中とりしまりを依頼される前に、新選組は、みずから一手を打っていたのである。

ところがこの谷道場はまた、左之助にとっても、

「まあ、故郷だな」

と言える道場だった。

谷万太郎がまだ新選組に入る前、つまり第一次大坂時代のこの道場で、左之助は、四年ほ

ど世話になったのだ。

奇縁としか言いようがなかった。左之助得意の宝蔵院流の槍は、だから万太郎ゆずりである。左之助はそののち江戸へ出て、小石川小日向柳町の天然理心流・試衛館の門をたたき、そこで近藤、土方、沖田らと刎頸のまじわりをむすぶわけだが、近藤はこんな過去を知っていればこそ、

——悪かったなあ、左之さん。

などと言いつつ、ちっとも悪びれず左之助をしきりと大坂へ派遣するのにちがいなかった。大坂といえば左之助、という印象ができあがっているのだろう。

要するに左之助は、万太郎とは旧知の仲である。何でも気どらず話すことができる。その万太郎がこの日は「軍議」などと仰々しい語をもちだして、子鼠みたいに左之助をこそこそ道場のすみへ引いて行くのだ。

左之助は、壁を背にしてふりかえり、万太郎へ、

「どうした、師匠」

「大坂が焼ける」

「はあ?」

「京のつぎは、大坂だ。この地にひそむ浪士どもが、放火をくわだてている」

万太郎、その福相に玉の汗を浮かべている。話によれば、この道場には、和栗吉次郎とい

う三度のめしより甘いものの好きな二十代の門人がいるという。

浪人ながら尊攘思想にかぶれず、そもそも世間の風向きに無関心で、盆栽づくりの内職をして日々をすごしている。その和栗が或る日、瓦屋町（かわらやまち）の、石蔵屋（いしくらや）というぜんざい屋へ行った。

道場からだと、大坂の市街をまるまる東へ突っ切ることになる。ずいぶん遠征したものだが、

「ごめんよう」

と店に入り、看板商品のぜんざいを食ってみて、

――まずい。

顔をしかめた。あずきの皮にしわが寄っている上、べたべたと甘すぎる。小皿に昆布が添えられていたので口へ入れて、

「うっ」

さらに気が遠くなった。大坂によくある塩ふき昆布ではなく、佃煮（つくだに）だったのである。いや、それ自体はいいのだが、鰹節のだしがきいている上、みりんが大量にぶちこまれている。

「つまり添えものも甘すぎるんですよ、谷先生。口直しにもなりはしない。あれじゃあ客は来ません。土佐醤油で煮たのでしょうな」

にこにこと万太郎に報告した。万太郎ははっとして、

「土佐醤油？」

「ええ。生醤油に鰹節とみりんが入れてあるんです。土佐の人々は刺身にも使うらしい。私には理解できませんな。やはり醤油というのは辛口ですっきりが上首尾です。佃煮も……」

和栗は、だらだらと食味談議をはじめた。万太郎はもう耳を貸さず、

――隠れ家や。

その思案にふけったという。ぜんざい屋とは世間をあざむく仮の姿で、ほんとうは、過激派浪士の活動拠点なのではないか。

なぜなら彼らは、土佐出身者が多いのである。あそこはもともと上士派と下士派の対立が激しく、しかも下士派のほうが政争にやぶれたため脱藩者があいつぎ、こぞって京へ潜入している。二か月前のあの池田屋事件にしても、新選組が斬殺した北添佶摩、望月亀弥太、石川潤次郎などはそういう素性のもちぬしだった（望月は自害）。

――監視せんと。

翌日、万太郎は、みずからその店へ行ってみた。

入口にのれんはさがっているが、客の出入りはなく、裏へまわると炭俵が三つ積んである。雨よけの油紙までかけてあるのがご丁寧というよりものものしい。そもそも三つなど、たかだか一軒のぜんざい屋には多すぎるのではないか。

「せやから、左之助はん」

と、万太郎は、道場のすみで懸命にうったえるのだった。

「やつらのねらいは、大坂をいちめん焼き払うことや。木炭はくだいて、硝石や硫黄とまぜて、火薬をつくる気なのやろ。仕掛けどころは大坂城か、それとも堂島の米市場か。一刻もはよう手ぇ打たんと……」

「おいおい」

左之助は両腕をのばし、万太郎の両肩をたたいて、

「それが軍議か、師匠。おちつくんだ。それだけの話じゃあ、ふみこむ理由にならん。何かを食わせる店に炭俵は当たり前だ」

「しかし、左之助はん……」

「内偵が必要だ。細作をおくりこもう」

「細作？」

つまり、間者である。左之助はうなずいて、

「その和栗っていう門人はどうだい。たよりになるのか？」

「なりまへん」

万太郎は、即答した。ひたいの上で手をふって、

「剣も槍もよう使わんし、胆力もない。頭のなかまで砂糖がみっちり詰まっとるような男や。きょうも来てへん」

「ふむ」

左之助はしばし考えてから、小さくうなずいて、

「ぴったりのやつがいる」

「誰です」

問われると、左之助は少年のようににっこりした。

「新参の隊士だ。つれて来る」

†

「えっ！」

鉢四郎は、仰天した。

突っ立ったまま口をあけ、それきり何もできなかった。ようやく我に返って、

「話がちがう」

つよい口調で抗議した。左之助は両腕をのばし、鉢四郎の両肩をたたいて、

「おちつけ、おちつけ」

「無理です」

鉢四郎はうしろへ跳び、身体的接触をこばんだ。そうしてなお声を荒らげて、

「私はあくまでも賄方。いのちを張るような仕事はしない。入隊時の約束だったじゃありませんか」

例により、早朝である。

この半刻（一時間）前、鉢四郎は老いた下僕の勘太とともに炊事場に入り、竈に火を入れた。羽釜がふきこぼれたところで火をよわめ、たばこ盆を手にさげて戸外へ出て、

（どれ、一服）

手近な石に腰をおろそうとしたそのとき、

「けさも精が出るな、鉢四郎」

左之助に呼びとめられたのである。左之助も、前回同様、大坂から帰ってきたところだった。

鉢四郎は立ったまま、笑みを示して、

「ああ、原田さん。おはようございます」

「たのみがある」

「たのみ？」

「なあに、ちょっとしたことさ」

鉢四郎にとって、その依頼は、血の気が引くようなものだった。不逞の徒どもが巣くっている大坂瓦屋町のぜんざい屋へたったひとりで潜入し、できればそこで寝起きして、その内

情を谷道場へ諜報（ちょうほう）するなど、

（できるわけがない）

犯罪捜査に関しては、われながら素人以下なのである。剣もだめ、槍もだめ、胆力もないし人間関係の機転もきかない。あっというまに敵にうたがわれ、問いつめられ、逃げようとして、

（斬殺される）

鉢四郎は、おのれの死体をありありと見た気がした。傷はさだめし向こう傷ではなく、背中のそれにちがいない。

「話がちがう」

必死で抗議した。おちつけと言われても無理だった。背後から勘太ののんびり声が、

「菅沼のだんなあ」

「何だっ」

「そろそろ炊けるでえ。火ぃ落とそかあ」

賄方には、一分一秒をあらそう時間である。鉢四郎は左之助へ、

「この話は、もう終わりだ。お受けできない」

言いはなつと、体の向きを変え、屋内にもどった。

羽釜の腹を指のふしで叩く。こつこつと充実した音がする。鉢四郎はしゃがみこみ、薪を

ぜんぶ竈から出した。勘太がひょいひょいと手でつかんで空消し壺にほうりこむ。消火に水をもちいないのは、これはもちろん、夕めしのとき再利用するためだった。

もうひとつの羽釜もおなじようにすると、鉢四郎には、また少しひまができる。さめてもうまい米にするには、このまま蒸らすほうが上策なのだ。

ふたたび戸外へ出る。左之助はまだ立っていて、

「なあ鉢四郎、いい子だから聞きわけてくれ」

両手を合わせ、ご機嫌をとるような口ぶりで、

「それにほら、連中も、荒くれ者ときまったわけじゃない。ほんとに単なるぜんざい屋かもしれん」

「どっちなんです」

「お前がきめる」

「ぜったい嫌です」

きびすを返し、屋内に逃げこもうとした。

が、左之助に袖をひっぱられた。しぶしぶふりむくと、腕を首のうしろへまわし、鉢四郎の肩をむりやり抱いて、

「ほかに人材はないんだよ、鉢四郎。俺もだめ、総司もだめ、藤堂平助も斎藤一もだめ。ぜんざい屋にもぐりこむには『料理の修業をさせてくれ』以外の口実はないんだからな。包

丁のもちかたも知らないやつが行ったんじゃあ不自然すぎる」

「私もだめ」

「これは隊務だ」

左之助は、きゅうに鉢四郎をつきとばした。

「あっ」

鉢四郎は、尻もちをついた。その上へまたがるように左之助は仁王立ちして、火を吐くような口調で、

「これ以上さからうと、俺は、歳さんに言わなきゃならん」

「そ、そんな」

「言ったらどうなるか、わきまえてるな」

鉢四郎は、泣きそうになった。

歳さんとは、もちろん副長・土方歳三のことだろう。隊士の統制が仕事というより趣味の男で、これまでいったい何人の隊士が、

――士道不覚悟。

の名目のもと、切腹を命じられたか知れない。自分もこんどこそ本当にそのひとりとなるわけだ。もっとも、左之助も幹部である。いまこの場でばっさりと鉢四郎を斬（や）ったところで誰もとがめはしない。

「思い上がるんじゃねえぞ、鉢四郎」

うめくように言われ、鉢四郎はようやく新選組の本質をさとった。あるいは新選組にかぎらず、およそ人間の組織はおなじかもしれないが、所属者は、そもそも自由意志など望まれていないのだ。

あるいは「従順」という鉄の檻のなかでのみ望まれているのだ、そんなものを意志と呼び得るならば。所属者はそれを憾みつつ、しかし逆らうことは永遠にできない。おのれの生活を人質にとられ、生命そのものをも人質にとられ、さらに新選組の場合には隊規で「脱するを許さず」と明快にさだめられている。違反はすなわち死を意味する。

「は、原田さん……」

「うれしいじゃねえか」

左之助は手をさしのべ、鉢四郎をやさしく起こしてやりながら、

「俺自身、こんなにうれしいことはねえ。何しろお前のような腕っぷしの弱い、臆病な、吹けば飛ぶような男がたったひとりで火事をふせぐ。大坂百万の善良な命を救う。三千世界の快事じゃねえか」

恩を着せる口ぶりだった。組織に属していればこそ個人をこえた仕事もできる、そう言いたいのだろう。鉢四郎は立ちあがり、尻の砂を払い落としたけれども、

「百万人もいないでしょう」

と反論するだけの度胸はもうなかった。われながら消えかけの薪の火のような調子で、

「……こっちの炊事は、どうします」

事実上の陥落だったが、

「べつの隊士にやらせるさ」

平然と言われて、かえって闘志がわいた。

(蟷螂にも、斧はある)

きっと左之助をにらみつけ、

「そのかわり」

「何だい」

ことばが一気にあふれ出た。われながら豪気の権化になった心もちで、

「そのかわり、私の願いも聞いてもらいたい。妻子が伏見のどこにいるのか……」

「言うと思ったよ」

左之助は顔をそむけ、うるさそうに耳の横で手をふって、

「俺がきっちり調べあげる。隊務であつかおう。組下の連中にも手伝わせる」

「局長や副長にも」

「言っておくよ」

「かならずですよ」

「武士のことばは、巌より重い」

あまり重そうでない口ぶりで、左之助は応じた。百万人と、たったふたりと、

――どっちが大切か。

などと思っているのかもしれない。きまっているではないか、と鉢四郎は思った。顔も知らない百万など、単なる浜の真砂にすぎない。

炊事場のほうから、勘太の声がした。

「菅沼のだんなあ。そろそろ蒸れたでえ。蓋ぁ開けよかあ」

「いま行く！」

ふりむいて答え、ふたたび前を見ると、左之助の姿はもうなかった。

†

鉢四郎が大坂へ出て、谷万太郎とともに石蔵屋をおとずれたのは、それから四か月後のことだった。

年も変わり、慶応元年（一八六五）正月になっている。ずいぶん悠長にも見えるけれども、これはこの間、新選組が、

――旗あげ以来。

といわれる大増員をしたことによる。

何しろ新選組は、結果を出した。池田屋事件、および蛤御門の変後の残党狩りで大物志士をつぎつぎと捕縛もしくは斬殺したのもさることながら、それにより、京の治安がよくなったことを幕府はよろこんだ。直接の上司である京都守護職（実質的に会津藩）もおなじである。京では暗殺はもとより強盗、強姦、巾着切りのたぐいが劇的に減った。

——宸襟を、安んじ申し上げる。

という政治的に最高度の課題が達成されたのだ。町の人々も、これでまた夜歩きができるようになったと評判した。

こうなれば、新選組には予算がつく。

戦力拡充の許可もおりる。近藤勇はみずから永倉新八、尾形俊太郎、武田観柳斎をつれて江戸へくだり、大々的に隊士の追加募集をした。

「給金はたんと出す。豪傑よ、来い」

このときに得たのが安富才助であり、伊東甲子太郎であり、鈴木三樹三郎であり、中西登、篠原泰之進はじめ二十数名にほかならなかった。

一割ちかくの増員である。当然、隊そのものの編制も見なおさねばならないし、巡察の地理的範囲もひろがったから、なかなか大坂にまでは、

——手が、まわらない。

というのが実情だったのだ。年があけると隊内もようやく安定して、左之助が、

「そろそろ、やろうか」

鉢四郎に、声をかけた。

「……はい」

鉢四郎は、大坂に出た。

左之助が所用で京にとどまったため、道場主・谷万太郎とふたりで石蔵屋をおとずれた。

万太郎からは事前に、

「鉢四郎はん」

と、厳格に言い置かれている。

「鉢四郎はん、細作いうのは、入りぎわが最もむつかしいんや。さとられる公算が大きい。さとられれば即座に刀槍沙汰になるから覚悟しなはれ」

(刀槍沙汰)

鉢四郎は、もう恐怖で歯が鳴っている。

ぎゅうっと上下の歯をおしつけ合わせて音をとめ、万太郎につづいて入店した。

店内は、何の変哲もない。

入ったところから一本道のごとく奥へ土間が通じていて、左右が高床の座敷になっている。

食卓はなく、ただ畳が敷いてあるだけの簡素きわまる内装である。

「いらっしゃい」

あるじが、奥から出てきた。

背のひくい、牛蒡のように色の黒い男である。四十がらみか。面倒くさそうに土間をこちらへ歩いて来るのへ、万太郎がにこにこと、

「ぜんざい、二膳おくれ」

「へえ」

あるじは、奥へひっこんでしまう。町人ふうに髷を小銀杏にゆっていたが、さむらいの変装かどうかは判然としない。

ふたりは、右の座敷へ上がった。

鉢四郎は、ちょこんと正座して見まわした。ほかの客はなし。冬といえばぜんざい屋はいちばん混雑する季節のはずなのだ。よしんば土佐浪士の巣窟だとしても、客はないよりあるほうが、世間の目は、

(あざむけるのでは)

ぜんざいが、来た。

あるじが盆をほうり出すようにして畳に置いた。盆の上には汁椀がふたつ、小皿がふたつ、木箸が二膳。小皿には黒い昆布がそれぞれ四、五枚あるが、大きさも形もばらばらである。

（ははあ。これが、あの佃煮か）

甘味ずきの門人・和栗吉次郎が見とがめたという土佐醤油の佃煮。鉢四郎は、思わず手がのびた。

箸でつまんで口に入れた。なるほど甘い。

「ごゆっくり」

ふたたび奥へ行ってしまおうとする主人の袖をとらえて、万太郎は、

「いや、あるじ」

「何です」

「わしの顔はおぼえておられよう？」

おのれの鼻を指さした。あるじはにべもなく、

「いや」

「そんなはずはない。ここのところ何度か寄せてもらっている。いやはや、わしは高麗橋の虎屋、船場の千鳥屋をはじめ、大坂の甘味屋はすべて食べ歩いたと申してよろしいが、こんな旨うて安いぜんざいは他にあらへん。口果報のきわみや」

「おおきに」

「いや、あるじ」

「何です」

「きょうは、たのみの筋ありて」

「たのみ？」

聞き返されると、万太郎は汁椀をとり、いかにも満足そうにつぶし餡仕立ての汁を一口すすってから、椀を置き、懐紙で口をぬぐった。そうして、

「こいつ」

盆のむこうの鉢四郎を手で示して、

「近ごろ岡山から出てまいった、桑田牛兵衛いう男や。親の代からの浪人で、いまはわしの門人やが、ゆくゆくは故郷にかえり、饅頭屋の娘といっしょになるいう契りをむすんどる。かりにも武士たる者が町むすめの婿になるなど世の中も変わったもんやが、そんなわけで、餡のあつかいを習わせてやってくれへんかな。住みこみでもええ。通いでもええ。薪の番でも何でもさせる」

「あきまへん」

「ほれ牛兵衛、ぼーっとすな。おのれも手ぇついて挨拶せんかい」

「よ、よろしく」

鉢四郎は端座し、ひたいを畳にすりつけた。なかなか頭を上げなかったのは、表情に自信がなかったからである。まじまじと見られたら、演技が、

（ばれる）

万太郎は、かさねて言う。

「身柄はわしが保証する。あらためて申せば、わしは、南堀江町の酒問屋の蔵の二階に道場をかまえる谷万太郎いうもんや。あるじには礼金として、わしから月々銀八十匁を出させてもらおう」

破格の好条件である。あるじは、

「あきまへん、あきまへん。力のほどもわからんお人を」

と言いつつ、口調がいくらか柔らかくなっている。万太郎は、

「力のほどなら、ないではない。ひらめも鯛もさばけるのや」

「ほう」

「わしの道場では包丁方もやらせとる。甘気だけが不慣れでな」

「ほな、それなら……」

目をつむり、考えにふけろうとしたところで、

「おい！」

奥から、野太い声がした。

と思うと、浪人体の男がどやどやと四人も出てきて、

「さっきから何のさわぎじゃ、政右衛門。客が文句つけちょるのか」

あるじの名前は、政右衛門というらしい。彼らのほうへ、

「いや、この人が、うちで修業したい言うて。礼金が月々銀八十匁」

反応は、ふたつにわかれた。

ふたりが不快感をあらわにして、

「いかんちゃ、いかんちゃ」

「素性がわからん」

あとのふたりは、ものわかりがいい。あるいは首肯し、あるいは二本の指で丸をつくって、

「ええ収入（みいり）じゃ」

「留守番もさせよう」

議論がはじまった。いずれにしろ鉢四郎がおどろいたのは、あるじをふくめて五人全員、

（土佐弁か）

彼らとしては大坂ことばで隠しているつもりにちがいないが、どうやらこれで、真実は明確になったようだった。この店は、たしかに過激派浪士どもの、

（巣窟じゃ）

鉢四郎は、万太郎を見た。

どうしたらいいかわからなかった。万太郎は泰然としていると思いきや、かすかに顔がこわばっている。

——露見したら、命はない。

という緊張が、目の色に出てしまっている。案外、小心なのかもしれない。

(何じゃ)

鉢四郎は、かえって気がらくになった。

浪人たちも迷っている。万太郎も緊張している。自分はほかの誰よりも料理のことに詳しいのである。

にわかに立った。小皿をとって土間におり、

「この昆布」

浪人たちの鼻先へつきだした。われながら口調もなめらかに、

「私の舌には甘すぎます。佃煮ですね。それを煮た醤油自体に味がついているのでしょう？」

土佐醤油、という語はもちいなかった。もちいれば警戒される。あるじが言い訳がましく、

「生醤油のみで煮たのでは、単なる塩ふき昆布になってしまう。どこの店にもある」

「独自の流儀を出したいと？」

「そういうことで」

鉢四郎はうなずくと、

「失礼」

大胆にも浪人をかきわけ、勝手に奥へ行ってしまった。

のれんをくぐると、厨（くりや）である。

硫黄も硝石もない、鉢金（はちがね）も龕灯（がんとう）もない、どこにでもある生活空間。むかって右の壁のところに小さな竈がひとつあり、ぜんざいの鍋がふわふわと湯気を出しているけれども、鉢四郎が気をとめたのは、むしろ足もとの素焼きの甕（かめ）のほうだった。

醤油が、くろぐろと満たされている。

柄杓（ひしゃく）をつっこんで底をかきまわすと、案の定、やわらかいものが沈んでいる。すくい上げたら鰹節だった。一枚一枚がまるで山茶花（さざんか）の葉のように分厚く、よほど長いこと漬かっていたのか、表面の色は炭同然だった。

みりんも入っているのだろう。予想どおりだった。自家製といえば聞こえはいいが、要するに節約（しまつ）して手近な材料でこしらえたもの。土佐から取り寄せた本格ものではない。

全員、

「何だ何だ」

などと言いつつ、ぞろぞろと来た。うしろには谷万太郎の心配そうな顔も見える。鉢四郎はそちらへ微笑してみせると、柄杓の椀にへばりついた鰹節の一枚をつまんで剝がし、

「これを出せば」

「鰹節を？」

と聞いたのは、浪人のあいだでテイキチと呼ばれている男だった。少し育ちがよさそうで、

目をぱちくりさせている。

鉢四郎は、

「ええ」

頭には、料理のことしかない。堂々たる口ぶりで、

「これを笊にならべ、天日に干し、白ごまとともに乾煎りするのです。独自の流儀を出しながら、しかも客を呼ぶ一品になる」

最後の一句で、あきらかに浪人たちの心がうごいた。たがいに顔を見あわせ、声ならぬ声を交わしている。

——客が来れば、ここも隠れ家と見えぬようになる。

そう算段したのかもしれない。あるいは志士としての活動費のことに考えが及んだのかもしれない。テイキチがかすかに息を吐いて、あるじへ、

「これが月々銀八十匁なら、一石二鳥ではないか。どうじゃ政右衛門」

「ふむ」

あるじは目をつむり、黙考をはじめた。鉢四郎はもうお見通しである。

(芝居、芝居)

鉢四郎のにらんだところでは、彼もまた素人なのである。たまたま仲間内で主人役をわりふられたものの、本音では、

――わしとて、尽忠報国（じんちゅうほうこく）の士。ぜんざい屋をやるために脱藩したんじゃない。

というところではないか。ほかの誰よりも店を他人にまかせたいのは石蔵屋政右衛門その人なのである。むろん政右衛門も偽名にちがいない。

（やれる）

鉢四郎は、確信した。

この環境でなら細作がつとまる。ひと月だろうと半年だろうと、店をまかせられ、客をあしらいつつ彼らの言動に目を光らせることができる。政治の風向きしだいでは幕府将軍・徳川家茂（いえもち）がわざわざ江戸城を出て大坂城に滞在し得ることを考えると、これはあるいは、国事そのものといえる仕事かもしれない。有無を言わせぬ手柄をあげれば、

（原田さんも、きっと）

きっと約束をまもってくれるだろう。鉢四郎はわくわくした。おこう、おきよ、待ってろよ。そう胸のうちで何度もくりかえした。

あるじが目をひらき、

「承知した」

鉢四郎が、

（やった）

勝ち鬨（どき）をあげたとき、入口のほうから、

「ごめんよう」

のんきな声がした。

全員の顔が、そちらへ向く。

お客だった。わりあい若い侍である。それ自身が一個の大福餅のような体つきで、頬の色は、油をぬったようにてらてらしていた。

「わ、和栗」

万太郎がつぶやいたので、鉢四郎は、頭がまっ白になった。

和栗吉次郎。谷道場の門人で、そもそもこの石蔵屋を最初に発見した男。三度のめしより甘いものが好きとは聞いていたが、また来るとは想像の外だった。

この男は、隊士ではない。

そもそも谷道場が新選組の大坂支部であることも知らない。正月というのに扇で顔へ風をおくりながら、

「やあやあ、これは谷先生。奇遇ですなあ。こんなところで何をしておられるのです。あ、そうか、私がこの店のことを話したのでしたな。私もああは言ったものの、じつを言うと、みょうに添えものが心にのこりましてな。土佐醤油とは存外あとを引くものですな。あるじも土佐の人なのかしらん。土佐といえば酒飲みで有名ですが、甘味もいけるとは……」

遺憾なき地名の連呼である。そうして鉢四郎に目をとめて、

「そちらは、どなた？」

「え」

「柄杓なんぞ手にさげて、料理なさるのかな。ああ、そうか。この人が、さいぜん先生の話しておられた菅沼鉢四郎殿ですな。京から来られたという」

「菅沼鉢四郎？」

浪人のテイキチが、すさまじい目で鉢四郎をにらんだ。

「おぬし、牛兵衛ではないのか」

その横の浪人が、これはモリマという名のようだが、

「京から来たと？」

「どういうことだ」

鉢四郎は、口がにかわで固められたようになって、

「あ、え」

「鉢四郎っ」

万太郎はさけび、浪人をつぎつぎと突きとばした。

と思うと、くるりと鉢四郎に背を向け、和栗をも突きとばして出口のほうへ走っていく。

鉢四郎もあとを追い、戸外へ出た。浪人たちの、

「新選組（みぶろ）だっ」

「狗（いぬ）めっ」

などと言う声がうしろで響く。ぴいという甲高い音が冬の青空を切り裂いたのは、万太郎が指で口笛を鳴らしたのだった。

これが、つまり合図だった。

左右の四つ辻から人影がつぎつぎと姿をあらわす。鉢四郎はあとで知ったのだが、これは新選組隊士の谷三十郎、正木直太郎（まさきなおたろう）、および阿部十郎（あべじゅうろう）だった。細作というのは入（い）りぎわが最もむつかしい。失敗の恐れが多分にある。万太郎はあらかじめ彼らを呼んで、店のまわりに待機（はりこみ）させていたのである。

ぜんぶで、五人。

敵も五人。しゃしゃしゃっと小気味いい音を立てて鉢四郎をのぞく計九人が抜刀し、路上でにらみあった。

にらみつつ、じりっ、じりっと位置を変え合う。

変えかたにも微妙な心理がはたらくのだろう。気がつけば、土佐者が店を背にしてかたまって、それを新選組が包囲する位置どりになった。

土佐者たちは、利あらずと察したのか。むりやり字にすれば、

「わぁりゃおおおうっ」

ということになる怒号を誰かが発したのを機に、いっせいに通りを西のほうへ駆け出した。

都心部の人ごみにまぎれて行方をくらまそうという魂胆はあきらか。もっとも、ひとりだけ、その場で踊るようにして頭上で刀をふりまわしたため、阿部十郎が気をとられ、そこから包囲が突破された。新選組は、五人中四人の浪士をとりにがしたのである。

のこりは、ひとり。

あの育ちのよさそうなテイキチだった。

のちの調査によれば大利鼎吉、高知城下上町の人。脱藩して長州に奔り、蛤御門の変に参戦したが、やぶれて洛中をさまよったとき、苦楽をともにした長州藩士の伊藤和義というものが重傷に耐えかね、自刃した。

それを介錯したときの鼎吉の歌は、個性的ではないけれども、作りなれた人のそれに特有の上質な平易さがある。

君がため尽くす心の甲斐なくて生き残る身の恥ずかしきかな

鼎吉はしかし、歌ばかりの武士ではなかった。いま四人の仲間たちが街のほうへ消えてしまうと、頭上で刀をふりまわすのをやめ、にやりと包囲者たちへ笑ってみせ、

「一対四か。飛車角落ちじゃ」

そうそぶき、刀を下段にかまえなおした。

と同時に、彼から見て右はしの谷万太郎へ斬りかかった。

万太郎はとびしさったが、わずかに遅れた。腹から胸へ切っ先を撥ねられ、あさい傷を負ったのである。鼎吉はすばやく体の向きを変え、こんどは左はし、万太郎の兄にあたる谷三十郎の胴を払った。

三十郎、がっきと剣で受けとめる。

鼎吉は止まらない。間合いをつめつつ左手で脇差をぬき、身をかがめ、内腿へ斬りつけた。三十郎は身をよじって避けたものの、右ひざのうしろを斬られて尻もちをついた。ぶわっと血けむりが空にふくらんだが、すぐに立ったところを見ると、やはり傷はあさいのだろう。

「さがれ、さがれ」

万太郎が下知して、包囲者の輪がぐっとひろがる。

鼎吉はふたたび立ち、脇差をがらりと投げすて、両手で刀をかまえた。大きく肩で息をしているが、その顔はいまだ殺気がみなぎっている。

事態は、膠着した。

通行人はみな逃げ去ってしまっている。鉢四郎はただひとり、少し離れた船問屋の門のかげに身をひそめ、顔だけを出して様子をうかがっていた。

「……ええい、新選組。たったひとりに何をぐずぐず」

などと勇ましげな文句をつぶやくが、心臓があまりに高鳴るので、自分の声が聞きとれない。出て行く勇気は、むろんなかった。

意外にも、右手が抜き身をぶらさげている。

（腐っても、わしも武士だ）

血はあらそえぬということか。もともとは備後国福山藩の正式な藩士の四男坊の生まれなのだ。店からここへ駆けこむまでに、無意識のうちに鞘を払ったのにちがいなかった。鉢四郎は戦場をじっと見て、

（いざとなったら）

ぎゅっと刀をにぎりなおした。いざとなったら、自分も刀槍沙汰にくわわるのだろう。

膠着を解いたのは、正木直太郎だった。

鼎吉に向かって一歩ふみだし、

「まいる」

直太郎は、厳密には新選組の組下ではない。谷万太郎道場の一門人にすぎないのだが、剣の腕も立つし、人柄も信頼できることから万太郎が今回じきじきに声をかけ、御用に抜擢した。ここまで目立った働きはなかったが、昂るものがあったのだろう、

「直心流門弟、正木直太郎」

律儀にも、おのが姓名を告げた。鼎吉も、

「されば」

名乗りを返す。

こうなれば他の者は手を出さないのが武士のたしなみ。ふたりは正面から対峙した。それぞれ上段にかまえたので、二本の剣は、たかだかと天に冲することになる。そのどちらかが、

きらり

と冬日を反射したように見えた刹那、ふたりは同時にふみこみ、同時にふりおろした。

鼎吉は左から、直太郎は右から。剣と剣がこすれあい、火花をちらし、

「ぎゃっ」

片ひざをついたのは、直太郎だった。

右の二の腕を左手でおさえている。その手の指から網の目のごとき真紅の瀬が落ちる。肩から肘まで縦一文字に裂かれたのだ。戦闘不能であることは、鉢四郎からも見てとれた。

鼎吉は、立っている。

直太郎を見おろしているが、二の太刀をあびせることをしなかった。できなかったのだろう。左ひじの下がない。それは刀をにぎったまま、猿のように三間むこうの路上へ跳躍した。どさりと落ちて、それきり肉塊になっている。

左右から、谷兄弟がつめる。

めった斬りに斬る。鼎吉はほとんど藁人形だった。一太刀あびるたび不自然に体がねじれ、

肉片がはじける。どうと鼻から倒れたときには、すでに瞳孔がひらききっていた。享年二十四。あらかじめ辞世を詠んでいた。

ちりよりも軽き身なれど大君に心ばかりは今日報ゆなり

鉢四郎は、門を出た。

ふらふらと道をわたり、仲間のもとへ行く。正木直太郎が片ひざをつき、腕をおさえたまま、

「なんだ、おぬし」

「え？」

「人間の汁でもこしらえる気か」

呵々大笑した。言われて右手を見おろすと、にぎっていたのは刀ではない。刃がうすく、全体に長方形の、菜切り包丁だった。

†

このとき逃げた土佐浪人は、本多内蔵助、那須盛馬、大橋慎三、浜田辰弥。モリマは那須

だったのだろう。このうち本多内蔵助がすなわち店主の政右衛門だった。

本多以外の三人については、異説がある。店には本多と大利鼎吉しかいなかったところへ新選組がふみこみ、鼎吉が斬殺されたというのだ。たとえば大正元年（一九一二）に発行された『維新土佐勤王史』は、土佐藩の尊攘運動を回顧し顕彰する目的で編まれた好史料だが、はっきりとこちらの説を採用していて、

——おりしも外出中にて。

と明記している。

こちらが正しい可能性はある。もっとも、『維新土佐勤王史』の発行当時、浜田辰弥はまだ存命だった。どころか田中光顕（たなかみつあき）という名になって伯爵、元老となりおおせ、宮中における隠然たる権力者だった。逃げたと書くのは憚（はばか）られたのかもしれない。

†

この事件はまた、壬生の本隊にも衝撃をあたえた。近藤勇は、左之助からの報告を聞くと、

「大坂は、そこまで事態が進んでいるか」

とうめき、ただちに屯所の正式な設立を命じたのである。

第一候補は、もちろん万福寺。あの左之助も視察した浄土宗の寺である。住職は、

「あきまへん」

渋りに渋ったあげく、三倍の借料で手を打った。

†

その大坂屯所設立の少し前。

鉢四郎は、とうとう左之助から、

「伏見に行こう」

と言われた。

伏見の街の北西のはずれ、高瀬川(たかせがわ)にかかる丹波橋(たんばばし)のちかくに牧野屋(まきのや)という小さな船宿がある。

「お前の妻子は、そこにいるよ」

「おこう、おきよ」

鉢四郎が絶句すると、左之助は横を向き、気まずそうに、

「知ってたんだ」

「え？」

「俺ぁ、じつは早くから居どころを知ってたんだよ。大坂へ行く途中、たまたま船つき場でうわさを聞いてな。おこうと会って話もした。お前には黙ってた」

「なぜです！」

「察しがつくだろ、ここまで言やあ。心じたく、しておけよ」

翌日の午後、ふたりは伏見に行った。牧野屋の表玄関へじかに足をふみいれると思いきや、左之助は、

「こっちだ」

橋をわたり、川むこうの空き地へと鉢四郎の袖をぐいぐい引いて行く。空き地には、どんどん焼けからの復興のさなかの洛中の業者へ売るものなのか、丸太が山と積んであった。

その山のうしろへ泥棒よろしく身をひそめ、

「ここから見張るんだ、鉢四郎」

季節は、もう二月である。

どこからか梅の香がただよってくる。青空は霞がかかり、雲との境目が曖昧で、しっとりとこの世にふたをしていた。

川むこうには、牧野屋の船寄せが見える。

小舟専用のささやかなもの。しばらく見ていると、その横の裏口めいた引き戸がひらき、なかから年増がひとり出てきた。

「あ」

鉢四郎は、腰を浮かした。

おこうだった。

どんどん焼けの離別以来、じつに七か月ぶりに見る妻の顔。こころなしか肉づきがよくなったようだった。どこかへ出かけるところらしく、浅黄(うすき)の衣被(きぬかずき)できっちりと髪を覆っている。

おなじ裏口から、

「かかさま。かかさま」

甲高い声をあげつつ、切り髪の女の子があらわれた。おこうの横に立つ。背丈は、おこうの腰ほどだった。

おこうを見あげ、何やら熱心に話しかけている。これまで何度夢に出たか知れない四歳児のまぼろし。その現身(うつしみ)。ちょっと脚が長くなったかもしれないが、顔は記憶のままだった。まぶたが薄く、そのかわり下の唇がぷっくりしている。何という愛らしさだろう。

おのずから、鉢四郎の足が横に出る。

「おきよ。おこう」

丸太の山から姿をあらわそうとしたけれども、体のうごきが止まったのは、

「……誰?」

娘のあとに、さらに男がひとり出てきたからだった。

肌の色が浅黒いのは、日に焼けたのではなく、加齢のせいだろう。鬢（びん）のあたりがまっ白だった。おきよはふりかえり、その男をとゝさまと呼んで、何やら話しかけている。

「牧野屋の、あるじだ」

鉢四郎の耳に、左之助がささやいた。左之助もまた、丸太の山にかくれている。鉢四郎はそちらを向き、

「あるじ？」

「友兵衛（ともべえ）という。おこうの夫だよ」

わけがわからない。おこうの夫は自分ではないか。

「よく聞け、鉢四郎」

左之助は、ことばを選びつつ説明した。おこうは以前から友兵衛と深い仲だった。友兵衛は彼女が通いの女中をしていた宮川町の料亭「すみ吉」の常連だった。客と女中として座敷をともにするうち、寝床をともにするようになった。この手の店では、そういう便宜はいくらでも図ることができるのである。

もちろん、どんどん焼けの前からである。おこうは昼は鉢四郎と生活し、夜は友兵衛となじみをかさねた。

「そんな、まさか。おこうにかぎって。あんな年寄りと」

鉢四郎は顔をまっ赤にしたが、左之助は、

「四十ちょっとだ」

「だとしても、二十も上です」

「お前が悪いのさ」

一刻もはやく思いを断たせようというのか、左之助はさっきから冷酷きわまる口調である。

「何しろ鉢四郎、お前は金を稼がなかった。用心棒もできねえし、習字指南も客が来ねえ。いくら上手ににぎりめしが作れるからって、その米を買う金がねえってんじゃあ女房殿もかわいそうさ」

「し、しかし」

「おこうの身にもなってみろ。たまたま仕事先の料亭に船宿の主人がいて、まあまあ金をもっていて、なおかつ妻女をこれらで亡くしたばかりだったとしたら、お前ならどうだ、鉢四郎。二十も上だって心が移りやしないか」

「いまなら新選組の給金があります」

「もう遅い」

「遅くないっ」

鉢四郎はぐいっと袖で涙をぬぐって、

「手切れ金なら払ってやる。あの間夫のしゃっ面をぴたぴた小判で張ってやる」

横っとびして、対岸におのれの身をさらした。

おこうは、気づかない。

なかばこちらに背を向け、しゃがんで娘を見あげている。何やら言い聞かせているらしく、娘のほうも、真剣な顔で何度もうなずいている。

「おこう！　おきよ！」

呼ぼうとして胸をふくらませたとき、友兵衛と目が合った。

友兵衛はふしぎそうに、しかし正面から、鉢四郎の顔を見ている。高瀬川は広くない。空はまず晴れている。おたがい顔かたちが明確にわかる条件がそろっていた。

鉢四郎は、

「そうか」

両腕をだらりと垂らした。

腰が抜けそうだったので、自分から丸太のかげへ逆もどりした。丸太を背にして尻もちをつく。ひざを抱えて天をあおぐ。友兵衛の顔は、そのもの、だった。まぶたが薄く、下の唇がぷっくりしている。

（おきよ、そのもの）

鉢四郎とならべて父親はどちらかと問うたなら、百人が百人、

――こっち。

と友兵衛を示すにちがいなかった。

世間の嘲笑がはっきり聞こえた。おこうがこれまで人もよこさず、手紙一通よこさなかった理由がわかった。かえりみれば、おこうが最初に身ごもったのは鉢四郎がまだ故郷の福山藩にいたころ、戸手村のおこうの実家でのことだったが、京に出て、その子はけっきょく死産だった。

つぎにまた懐妊したのがおきよだったわけだが、してみると、そのころからもう友兵衛とは肌を知る仲になっていたのだ。自分はこれまで、他の男の子をやしなうために離乳食をこしらえていたのだ。料理の腕を上げたのだ。

「なあに」

左之助は横にすわり、鉢四郎の肩を抱いて、

「お前は妻子をうしなったんじゃない。ふつうの新選組隊士になっただけさ」

口調が、あたたかみを帯びた。無二の同志というけしきで、

「女なんぞ島原で、祇園で、先斗町で、いくらでも買える。そういう身の上なんだぜ俺たちは。わざわざ好きこのんで女子供の重荷を背負うこたあねえ」

そう言う左之助は、じつはこのとき、洛中の町むすめに惚れている。この後まもなく結婚し、子供をなし、所帯をかまえることになるが、その顚末はまた稿をあらためて述べることにしよう。

結婚

祝言（しゅうげん）。

というものを、まさか屯所で挙げる新選組隊士があろうとは、

（思いも、よらなんだ）

菅沼鉢四郎は、心のなかで舌打ちした。

しかも新婿（にいむこ）は、つねづね、

——屯所というのは、旅館とはちがう。この京という戦場における本陣である。一挙一動おろそかにするな。

などと組下の者どもに訓示を垂れている副長助勤、原田左之助だった。言行不一致も、

（はなはだしい）

鉢四郎は、中庭にいる。

浅葱色の、だんだら羽織の隊服にたすきがけをして立ち、腰ほどの高さの台の上で、きなこ餅をこしらえている。よく搗（つ）いた三升ぶんの白餅（しろもち）をちぎってまるめ、きなこをまぶす。ちらりと広間を見あげると、左之助は、

「いやあ、俺ぁ、祝言なんて柄じゃねえや」

などと、金屛風の前でしきりと照れている。

その顔は小豆のように赤黒いが、これは照れというより、酒の酔いのせいだろう。さっきから来る客、来る客がお銚子をさしだすのをみな受けて口中へ滝のように流しこんでいる。

「あの調子じゃあ、今夜はへべれけですぜ、菅沼さん。新床の儀はどうなりますかね」

やはり餅をまるめつつ、鉢四郎にささやいたのは、下僕の勘太だった。もう七十になろうという元中間だけれども、鉢四郎には唯一、部下といえる存在である。鉢四郎が、

「しっ」

唇の前で指を立てると、

「かまうもんか」

と、勘太はかえって黄色い乱杭歯をむき出しにして、

「原田様ときたら、菅沼さんには偉そうなことを。妻子なんか重荷なだけだ、女なんぞ給金でいくらでも買えるとか何とか言っておいて、自分はこれだ。いい気になるにもほどがある」

「これ、よせ」

たしなめつつも、鉢四郎も内心、

(いかにも)

二か月前、鉢四郎は、妻子をうしなった。

いわゆる蛤御門の変のあと、どんどん焼けを避けるべく伏見へ避難させたところ、妻のおこうは、四歳の娘のおきよとともに船宿・牧野屋に住みついてしまい、ふたたび鉢四郎のもとに帰ることをしなかった。

牧野屋には、もともと思い人がいたのである。その後、人を介して、

——離縁してください。

と申し出られ、涙こぼしつつ三下り半をしたためた夜のことは忘れられない。生涯でもっともみじめな瞬間だったが、考えてみれば、そのときにはもう、

(原田さんは、結婚をきめていた)

だまされたわけではないけれども、感情的には納得できない。鉢四郎は勘太の軽口をいさめつつ、おのずから、金屏風の前の左之助をじっとりと盗み見してしまうのだった。左之助は月代をあおあおと剃り、丸に一ツ引の紋をつけた黒い羽織を身につけ、それはそれは遺憾なき花婿ぶりだった。

と。

左之助が、ふいにこっちを見た。

目が合ったとたん、

「おい鉢四郎、まだか」

上きげんな声だったが、鉢四郎は顔を伏せ、きなこ餅をせっせと皿の上にふたつずつ置い

て行きながら、

「いま、まいります」

「はやくしろ」

左之助はそう言うと、となりに端座している、紅の振袖の上に白無垢をまとった新妻へ顔を寄せて、

「おまさ、おまさ。あれは菅沼鉢四郎というて、賄方でな。きなこ餅もわるくないが、ふだん炊きあげる白いめしがうまい。めしを惣菜にめしが食える。あしたから、毎日とどけさせてやるからな」

まるで自分自身の手柄のように言った。小声のつもりなのだろうが、酔いのせいか、むつい、いみごころのせいか、ここまで声がひびくのである。鉢四郎はたくさんの皿を塗り盆にのせ、縁側から広間へあがり、

「お待たせしました。酒後の甘味を」

などと言いつつ、客ひとりひとりの膳に置いて行った。

置く順番は、きまっている。まず新妻の父である建具商・高嶋屋のあるじ長兵衛へ。つぎに新妻の母へ、姉へ。それから向かい側へまわり、

「どうぞ」

近藤勇の膳に置いた。

近藤は、新選組局長である。鉢四郎や左之助の上司にあたる。がしかし、ここではむしろ、

——新郎の、父。

という格で座を占めているのだった。

故郷・伊予松山(いよまつやま)に住んで中間ばたらきをしているという左之助の実父・長次(ちょうじ)の代理。だからこの宴席の主催者でもある。いったいに祝言というのは新郎の家でやるものだから、今回この屯所でおこなうのは、まあ話のすじは通っているわけだった。屯所こそは近藤の、そして左之助の、京における唯一の公邸にほかならないからである。

近藤は、何やら考えごとをしていたらしい。

杯を口へ運ぶこともせず、じっと腕組みしていたが、鉢四郎を見ると、

「おお、きなこ餅か」

「はっ」

「きょうは支度がたいへんだったろう」

「はっ」

「いさきのづけが、うまかった」

「か、かたじけのう」

声が、つい裏返った。

この日、鉢四郎は、ふだんにまして精魂こめて包丁をふるったというのに、料理のよしあ

しを誰からも言われることがなかった。それが宴席というものなのだろう。それでも鉢四郎は、ここまで多少の失望があったのである。

そこへ局長のこのひとこと。われながら単純ではあるけれども、

（一生、この人について行こう）

そう思わせられた瞬間だった。もっとも魚はいさきではなく、しゅんの桜鯛である。見た目も似ていないはずだった。武蔵国(むさしのくに)多摩(たま)郡上石原(かみいしはら)村という山里うまれ、山里そだちの近藤には区別がつきにくいのだろう。

広間には、ほかの客もいる。

新妻の家のほうからは親戚が数名。新婿の家つまり新選組からは沖田総司、井上源三郎、武田観柳斎という幹部三名。それにこの日は、新選組の上部組織たる会津藩からも三名の来訪をあおいでいる。

仲人(なこうど)は、副長・土方歳三。

これは、かたちばかりである。鉢四郎ひとりでは全員に手がまわらぬので、餅くばりは、ほかの平隊士にも手伝ってもらった。

「なんだ、餅だあ？」

平席(ひらせき)のほうから、声がした。

つづいて、がたんと杯を置く音。鉢四郎がそちらを見ると、新選組からの客のひとり、副

長助勤・武田観柳斎が、

「餅などで酒が飲めるか、鉢四郎。ばかにするな。素槍においては天下無双と称される種田流、その種田流の達人たる原田君のめでたい席に、これはまた何という末流あつかいか。あと百本はつかまつれ」

お銚子をとり、ゆらゆらと振り子状にゆらした。だいぶん酔っている。つるりと剃った頭のてっぺんまで朱鷺色にそめて、その巨大な眼球までが赤い網に覆われていた。

「いや、その」

鉢四郎が返事をためらうと、近藤がおだやかに、

「武田君、きょうは梁山泊の酒盛りではない。新妻のお里の方々も来ておられる。痛飲は後日にしよう」

「おことばですが、若先生。お里の方々がおられればこそのもてなしです。そうじゃ」

観柳斎はひざを打つと、立ちあがった。

どすどすと広間を横ぎって新妻の父の前にあぐらをかき、ろれつのまわらぬ口調で、

「島原へ出ましょう」

「え？」

「島原ですよ。ここから近い。なじみの太夫も天神もいる。食うものも、うちより美味じゃ」

一同、しんとなった。

何しろ提案が非常識すぎる。結婚当日の新婦の父を色街（いろまち）へさそう新郎側の客がどこにあるだろう。ところがこれには、

「そいつはいい」

左之助までが腰を浮かし、

「行こう行こう。なあ、おまさ、お前も来いよ。桃源郷を見せてやる」

新妻の二の腕をぐいぐい引っぱる。おまさは姿勢がみだれ、ひざで膳をかたりと打った。

「おいおい、原田君」

近藤が手をかざし、苦い声を出したものだから、鉢四郎は、

(制する)

と見た。近藤勇は理想の局長。ふだんの隊務後ならともかく、こういう威儀ととのえるべき日にそんな風狂きどりの行動に出るような、

(そんな、お人じゃない)

近藤は、手をおろした。

観柳斎を見て、にわかに相好をくずし、

「行こう」

「え」

鉢四郎が目をまるくしたのと、観柳斎が、

「あっぱれ、大将！」

おのが頭をぴしゃりと手のひらで打ったのが同時だった。近藤はゆらりと立ちあがって、鉢四郎に、

「刀をもて。ここは片づけろ」

と言いつけてから、ふたたび左之助へ、

「ただし、伏見だ」

「伏見ぃ？」

左之助は、意外そうに聞き返した。なるほど伏見にも盛り場はあるが、島原とは格がちがう。島原は幕府公認の遊郭であり、酒食のまわりを詩歌、管弦、茶や花など、さまざまな教養がとりまいている。伏見は庶民のあそび場である。

だいいち、この壬生から二里もある。ふつうに歩けば一刻（二時間）以上はかかる。着くころには五ツ（午後八時）になるだろうし、その間には、酒の酔いもさめてしまう。

「なんで、また」

左之助が口を半びらきにするのへ、近藤はぬけぬけと、

「わしが、このみじゃ」

「このみ？」

「気になる女子(おなご)が、な」

小指をぴんと立ててみせた。

(はて)

鉢四郎は、ようやく思い出した。近藤はここまで、宴の性格をおもんぱかってか、酒にはあまり手をつけていない。

酔余の暴走とは思われないから、

(何か、ある)

ひょっとしたら、お役目向きのことではないか。この緊迫した時勢にかかわる任務ではないか。鉢四郎はそっと近藤の目を見たけれども、それはただ笑みに光るだけ。底意(そこい)はうかがわれなかった。

†

結局、伏見に行くことになったのは、新選組からは近藤勇、土方歳三、武田観柳斎、そして原田左之助。新妻の家のほうは父の長兵衛ひとりだった。

さすがに、新妻おまさは来なかった。

近藤が長兵衛をおもんぱかって、

「賓客に、徒歩を強いるわけにはいかぬ」

と言ったので、全員、駕籠をつらねて屯所を出た。

千本通を南へくだった。千本通は京の街の西端をかすめるようにして直行するので、洪水などの災害がなければ、これがいちばん速いのである。

日が、暮れつつある。

左に折れ、七条通へ入った。

こんどは京の街中をまっすぐ東へ横ぎることになる。東本願寺の築地塀をすぎたあたりで右へ折れて、竹田街道をふたたび南へと向かう。途中、鴨川にかかる橋をわたったところで、

「ま、まて」

観柳斎が、駕籠をとめた。激しいゆれに耐えられなかったものか、よろよろと出て、橋から川へ吐いた。

結局、近藤なじみの船宿である、南浜町の寺田屋へ着いたのは、六ツ半（午後七時）ころ。ずいぶん早い到着だった。

入口は、あいていた。

「邪魔する」

近藤が足をふみいれると、小太りの、三十くらいの女が奥から出てきて、

「あらあら、これは近藤様」

「おお、おとせ。また来たぞ」

「壬生の村からお越しやしたか。まあまあ、ご足労様なことで」

顔こそ笑顔だが、その口調には、真綿でくるんだ針がある。

（またか）

近藤は内心、舌打ちしつつ、

「今宵こそ飲ませてもらう。よいな、おとせ」

「あら、虫が」

おとせは顔をしかめ、右目の横で手をふった。話をそらしている。近藤は、

「虫など、おらぬぞ」

「あいにく今宵は、どのお座敷も」

（女狐め）

この冷遇は、もちろん、あらかじめ近藤の予想するところだったのである。

寺田屋はかねて、

――おとせで、保っている。

と評判の店だった。

おとせは、もともと京の女ではない。十八のとき六代目主人・伊助に嫁してきたのだが、この伊助がたいへんな放蕩者で、店の差配は番頭まかせ、本人は祇園の茶屋にいりびたりだ

ったという。

三年前。有馬新七、田中謙助をはじめとする薩摩藩士が浪士とともに佐幕派要人暗殺の相談をこの店でしていたところ、おなじ薩摩藩から派遣された討手にふみこまれ、乱闘となり、六人が死んだ。いわゆる寺田屋騒動だが、そのときも伊助はやはり祇園で妓を抱いていたらしい。

事件そのものの血なまぐささと相俟って、

——寺田屋は、もうあかん。

世間はそううわさした。実際、店は左前になり、さらには伊助が酒で体をこわして病死して、子供はまだ小さかった。半年前のことだった。

女将のおとせは、このとき相貌をあらためたのである。

家つきと呼ばれる代々の番頭や仲居にひまを出し、自分の子飼いを抜擢した。そうして店のすべてを宰領した。

おとせは、客あしらいの天才だった。寺田屋はほどなく事件前よりも客が入るようになり、おとせは、

——俠婦。

と呼ばれるようになった。近ごろは南浜町どころか伏見全体でも一目置かれる顔であり、大坂にもその名を知られているその彼女が、いま、近藤にあからさまに門前払いを食わせて

いる。

「そうか、満席か」

と、近藤は、怒ることをしない。しれっと柔和な顔のまま、

「商売繁盛で結構じゃのう。だがな、おとせ、ちと今宵はゆずれぬ事情がこちらにもある。たいせつな客人をお連れしている故のう」

「客人？」

近藤はうしろを向き、長兵衛の肩を抱いて前へ押し出すと、

「副長助勤・原田左之助の新妻のお父上だ。お住まいは洛中堀川仏光寺、建具商のあるじをしておられるが、この格別の日に、どうしてもおぬしに饗応してもらいたくてな」

「あたしじゃなくて、おはるさんにでしょう」

おとせは言い返したが、その口調は、だいぶん棘立ちが消えている。婚礼の客をことわるというのは、料理屋にとって、かなり外聞がわるいのである。

近藤が、

「たのむ」

念を押すと、しぶしぶという感じで、

「……そういえば」

「そういえば？」

「ひとつ、二階のお席が」

「行こう」

近藤は隊士へ声をかけると、草履をぬぎ、おとせを押しのけるようにして階段をずんずん上りはじめた。

†

半年後。

京は、夏のさかりである。

ようやく蜩やつくつくほうしが鳴くことを思い出した夕闇のころ、鉢四郎は、あたらしい西本願寺の屯所を出て、ひとり、醒ケ井七条下ルの左之助の家をたずねた。

歩いて、三分もかからない。

「御免を。菅沼です」

門前で声をかけ、裏へまわる。小さな庭に面した縁側におまさが出てきたのへ、

「どうぞ」

経木の箱に入った弁当をわたした。

おまさは受け取り、ふたを取った。この日の菜は、若ごぼうと油揚げの塩煎り。めしはま

だ湯気を立てていて、すみっこに飴色の奈良漬がそえてある。

「いつも、おおきに、菅沼はん。おいしそうやなあ」

おまさは、はちきれんばかりの京ことばで言った。左之助より八つ下、十八の年齢。食欲が服を着ているような年齢である。

「はあ」

鉢四郎はうつむいて、ひくい声で、

「あの、それで、原田さんから伝言で。今晩も……」

「伏見ですか」

「ええ、寺田屋」

「仕方あらへん」

おまさは弁当を顔にちかづけ、ひくひくと小鼻をうごかしながら、

「お役目やもんねえ。仕方あらへん」

左之助は、新選組幹部である。

もともと副長助勤だったし、さきごろ体制が変わったさいには十二名の隊士をひきいる十番組組頭に任命されたが、どっちにしても待遇は特別だった。所帯をもつこともゆるされるし、日に三度の食事もこうして隊から支給される。

むろん、給金も月に十何両。暮らしはよほど楽なはずだが、おまさの気持ちは、

（どうだろう）

鉢四郎は、忖度せざるを得なかった。

半年前のあの婚礼の日から、左之助は、しばしば近藤とふたりで寺田屋へ行くようになった。おまさにはぬけぬけと言ったという。

「そこの仲居の、おはるっていうのがな、めっぽう気分のいい女でなあ。年は二十五、六ってところか、お前より色気がある。あの腰を抱きたいがために、俺と、若先生と、薩摩の中村半次郎っていうやつと、うばい合いの三つどもえさ」

おそらく真実ではないのだろう。何かしら監視ないし偵察の必要があって、しかし機密保持の観点から、

（そういう看板を、立てている）

がしかし新妻のおまさとしては、夫が夜な夜な色争いをしていると聞けばやはり心がさわぐにちがいないだろう。ましてやその寺田屋へくいこむのに、左之助は、というより近藤勇は、父の長兵衛をいわば小道具として利用したのである。

——近藤様は、そのために、うちらを夫婦にしたんか。

そう猜疑したとしても無理はない。近藤こそはふたりの結婚の立役者、実質的な仲人にほかならなかったのである。

なれそめは、大坂だった。

大利鼎吉、本多内蔵助をはじめとする土佐系の浪士五名が瓦屋町のぜんざい屋・石蔵屋に潜伏し、大坂の街そのものへ放火する準備をしていたのを新選組が見とがめ、谷万太郎、三十郎兄弟ほかの活躍によって未然にふせいだのは、もう八か月前のことだった。

鉢四郎もその場にいたことはいたが、ろくな仕事はしなかった。とにかく近藤はこれを聞くと、

「大坂は、そこまで事態が進んでいるか」

とうめき、ただちに屯所の設立を命じたのである。

場所は、下寺の浄土宗・万福寺境内。

蔵や厨などは寺に借りるにしろ、事務を執ったり、市民との応接にあたったりする仮屋敷はやはり自前で建てなければならず、その普請は、

——左之助、やってくれ。

ということになった。

左之助は、

「若先生、俺はなあ、大工の棟梁をやるために新選組にいるんじゃねえや」

などと言いつつ、しかし根が役目ずきである。いろいろと勉強した。床の間やら、欄間やら、襖絵やらいう屋内のしつらえも学んだが、意外に厄介だったのは、釘かくしの処理だった。

釘かくしとは、

――長押（なげし）などに打ちこんだ釘の頭をかくすため、それを覆うよう取りつける金属製のかざりもの。

ということは、むろん左之助も知っている。これまで気にとめたこともなかった。が、万福寺の住職から、

「京には、それ専門（ひとすじ）の店がありますえ」

と聞いたので、

「ばか言うな。いくら何でも釘かくしだけで商いができるか」

興味をもち、おとずれたのがすなわち堀川仏光寺の建具商・高嶋屋だったわけだ。

高嶋屋は、入口に小さな表札（かけふだ）があるだけの、のれんも見世台（みせだい）もない店だった。

あるじの長兵衛もたまたま不在だった。帳場の前の上がりがまちへ腰をおろすと、次女のおまさが、

「どうぞ」

茶を出したのをがぶりと飲んで、まわりを見ながら、

「何だい、ここは茶店なのか」

「え？」

「釘かくしどころか鎹（かすがい）ひとつ見えねえじゃねえか」

おまさは口に手をあて、くすくす笑って、

「ご注文いただいてから職人につくらせ、お納めします。それが京の流儀です。ご注文は棟梁を通しても、いまここで承(うけたまわ)ってもよろしおす」

「いま、ここで？」

「ええ」

「品物がないのに？」

「ええ」

おまさは盆を置き、立ちあがると、帳場のうしろへ行った。棚から一冊の帳面をとりだし、ふたたび左之助の前にすわり、手わたした。

見本帳だった。それを左之助がぱらぱらと繰っているあいだ、おまさは沢の水のながれるような調子で、

「王朝のむかしは飾り気のない、お饅頭のようなもんやったそうどす。それから四角、菱形、鳥、けもの、お花のかたち、などがあらわれました。お花のかたちひとつ取っても、花びらが四枚のもの、六枚のもの、葉がついたもの、種類(たね)は無数にあるのですえ。その彫りも、すじ彫り、すき彫り、すかし彫り……」

「わかった、わかった」

「そこへ金銀のめっきをほどこすかどうかも」

「わかったって」

悲鳴をあげ、ばさりと帳面を投げ出したときにはもう惚れている。左之助は元来、はっきりとものを言わず、聞く者にむやみと忖度を強いて恬としている京の女が大きらいだったが、おまさは例外なのか、あるいはそういう利発さなのか、口調はつねにきびきびしていた。

結局、大坂屯所の釘かくしは、

「棟梁に一任する。俺にゃあ、むりだ」

翌日から左之助は、三日に一度、ときには一日に二度、高嶋屋へ足をはこんだ。棟梁に一任したのなら来る必要はないのである。

そのつどおまさに簪をとどけ、番茶の葉をとどけ、世間のうわさ話をとどけた。これとまったくおなじ時期に、鉢四郎へは、

「男のくせに、いつまでも性根のすわらねえやつだ。妻子のことは水にながせ」

などと訓示を垂れていたのである。ふたりの仲はとんとんと進んで、

――いざ、婚儀。

と当人どうしは決めたのだが、しかしここで難色を示したのが長兵衛だった。

「あきまへん。新選組やろ。いくら給金がよかろうと、いつ死ぬか知れんお人にかわいい娘はやれん」

という、それはそれで尤もなものだった。

左之助とおまさは、途方に暮れた。

婚姻というものに必要なのは、当人どうしの合意ではない。当人の父親どうしの合意なのである。左之助はようやく、

「若先生、たのむ」

近藤勇へ、話をもちこんだ。故郷・伊予松山の実父とは話のしようもない以上、この京における実質的な父親にたよるしかなかった。

近藤はただちに袴(はかま)をつけ、馬に乗り、ふたりの槍持(やりもち)までしたがえて高嶋屋へ行き、

「娘御(むすめご)を、わが左之助にくださらんか」

ぴたりと畳に手をついたものだから長兵衛も腰をぬかして、

「あ、相(あい)承知した」

逆にいえば、近藤勇という人は、そういうふうに礼をつくした相手をこのたびあっさりと寺田屋へくいこむ小道具に仕立てた上、連日連夜、新婚の左之助をひっぱり出して夜あそびに精勤させていることになる。ただ単に長兵衛を島原へさそっただけの武田観柳斎より、

(百倍も、お人がわるい)

というのが鉢四郎の観察だった。むろん、唯々諾々(いいだくだく)とついて行く左之助も同罪である。

「だいじょうぶですよ」

と、鉢四郎は、突っ立ったままおまさに言った。

「私もね、おまささん、新選組に入って時が経って、少しわかったことがある。仕事というのは、始まれば、かならず終わるものなんだ。終わったら、原田さんのことだ、寺田屋のての字もわすれちまう」

「おおきに、鉢四郎はん」

「そうしたら、私はまいにち、それをふたつ持って来ます」

ひざの上の弁当を指さした。おまさは鉢四郎を見あげ、

「はあ」

首をかしげた。

この反応には、むしろ鉢四郎のほうが戸惑った。そのしぐさ、みょうに童女(わらべ)じみている。おまさのぶん、左之助のぶん、大して気のきいたせりふでもないつもりだが、

(通じなかった)

ちがっていた。おまさは、きゅうに大人びた笑顔になって、

「三つや」

「え？」

「お弁当。三つ、な」

正座したまま、おのが腹を見おろした。

帯の上から、ゆっくりと、焼け石にでも触れるような手つきで撫でおろす。鉢四郎はよう

やく、

「おまささん、あんた……」

「四月目(よつきめ)やて」

おまさはことさら朗らかに言うと、

「あんまり強(きつ)ないみたいやな、うちは。奈良漬も平気やもの。ほんま、気にせんといて、毎度おいしゅういただいてますえ」

「は、はあ……」

「ぬくいうちに喫します」

と言ったのは、そろそろ帰れという意味なのだろう。鉢四郎は辞去した。屯所へ帰るみちみち、

(原田さんが、父親になる)

そのことが脳裡(のうり)を去らなかった。

生まれてくる子は、男だろうか、女だろうか。やはり男がほしいだろう。むろん弁当などは先の先の話。まずは離乳食(やわらかもの)をどうするか。それなら得意だ。いやいやその前に、

(百日の祝いには、餅をつかねば)

想(そう)はつきない。おのずから早足になった。

われながら、みょうにうれしい。職務に忠実ということもあるけれども、子育てというの

は、およそ鉢四郎が左之助に対してただひとつ先輩づらができる方面の話なのである。

†

そのころ、左之助は。

例のごとく、近藤とともに寺田屋の戸をたたいている。

「また来た」

おとせは、露骨にいやな顔である。いちど入店させた以上は、

——ことわる理由がない。

という本心をありありと乗せた口ぶりで、

「壬生のご浪人はんが来はりましたえ。二階へ、奥へ、お通ししい」

「おいおい、おとせ。われわれはもう壬生にはおらぬし、浪人でもないのだが」

「あら、すんまへん」

(女狐め)

近藤は苦笑いした。

「お刀を、おあずかり申します」

と言われたので、二本ともあっさりと渡し、

「おはるを呼べ」

左之助とふたり、二階の奥の座敷に席を占めた。

おはるが来たのは、四半刻（三十分）も経ってからだった。来店のお礼もろくろく述べず、こんばんはと言っただけで近藤の横へすわり、持参の杯をつきだして、

「おながれを」

すうっと目じりの切れあがった、冬の満月をおもわせる肌。近藤は手酌の手をとめて、

「おお、おお、待ちかねたぞ」

相好をくずし、あふれんばかりについでやった。おはるは一気に干してしまうと、

「もう一杯」

つごう三杯やってから、ようやく近藤へ一献した。

どっちが客かわからない。近藤は左之助へ、

「例のものを」

「おう」

左之助はふところに手を入れ、紙づつみを出した。かさかさとひらくと簪があらわれる。木製の平打ちに銀めっきをほどこし、銀杏のかざりをあしらった瀟洒な一本。それを近藤にわたし、近藤はおはるに手わたししつつ、

「清水寺の門前の、ほら、芳野屋で買うたのだ。近ごろの女子には知られた店らしいのう。

左之助もこれで高嶋屋の娘をくどき落とした」

「おおきに」

おはるはそれを受け取ると、一礼し、ぱきりと軽い音を立てた。両手で折ってしまったのである。平打ちの簪はへの字になり、白木のささくれがむき出しになった。近藤ははっはと笑って、

「これは、ひどい」

「うちは釘かくし屋の娘とちがう。医者の娘や。安う見んといて」

「いくらわしでも、傷つくぞ」

「俺もだ」

と同じたのは左之助。近藤がお銚子をとり、

「まあ飲もう」

左右にふってみせると、おはるはまたしても杯をつきだした。簪や櫛なら拒否しても、酒は拒否しないのが、

（弱点だな）

近藤は、かねてそう見さだめている。

簪など、もとより話題づくりにすぎない。酒のはずみになればいいのだ。実際おはるは、さらに三、四杯も飲ませると上きげんになり、唄など歌いはじめた。

ぬけるような肌の白さは変わらないのに、目の下だけが湯あがりじみた桜色になる。新婚の左之助ですら、

「背すじが、寒くならあ」

ため息をつくほどの色気だが、もとより近藤の目的は色にはない。左之助と目くばせしつつ、この夜も、しきりと杯をかさねさせた。

おはるは、酒につよい。

肴もろくに口にせぬまま七、八合ほども飲んだというのに、

「ああ、もう、酔うた」

などと言うことばの端もさめきっている。或る意味、この商売のために生まれてきたような女だった。

愉快に飲むうち、夜がふける。

四ツ（午後十時）ほどにもなると、酒をはこぶ仲居たちが、来るもの来るもの、

「……あの」

おはるに耳打ちするようになった。おはるはそのつど、蠅でも追うように手をふって、

「ええよ、もう」

とか、

「きょうは行かへん。そう言うといて」

などと指示を出す。さもさも満足だという顔を近藤はして、

「いいのか、おはる。ほかの座敷のかかりなのだろう？」

「あんたには関係あらしまへん」

「わしらのほかにも、執着ふかい御仁がおられるようだな。どこの誰だい？」

さりげなく聞いたのは、

（あの男か）

期待したからだったが、おはるはぴしゃりと、

「関係ない」

さすがに、口がかたい。このぶんだと、目的達成のためには、

（あと二升は、飲ませねば）

何やら八岐大蛇（やまたのおろち）に八塩折（やしおり）の酒を飲ませる素戔嗚尊（すさのおのみこと）の気分である。唄を変え、肴を変え、なおも宴をつづけていると、
ばたり
と、音を立てて襖がひらいた。

廊下からこちらへ一歩ふみこむ姿勢のまま、男がひとり立っている。左之助と同世代の武士である。顔がながく、眉がみじかく、そのくせ口が横に大きい。典型的な薩摩人である。その口が縦にひらいて、

「いつまで待たせる気じゃあ、おはる」

おはるは、少し酩酊（めいてい）している。手をひらひらと上下させて、

「薩摩ことばは、わからしまへん」

「うそじゃ」

「きょうは行かへん言うたやおへんか」

「おぬしの商売で、そんなことはあり得ぬじゃろう。もう一刻（二時間）も待っているのだ。顔くらい見せに来ても……」

「中村さん」

と、近藤はわりこんだ。

薩摩者（もの）は、ようやく気づいたらしい。目を見ひらいて、

「なんじゃ、近藤さあか」

「しばらくぶりです」

「これはこれは、異（い）なこともあるものじゃ。この店はたしか、幕府の狗は出入り禁止のはずじゃったが」

暴言である。

たしかにこの店のあるじ、おとせは、以前から勤王びいき、浪士びいきだった。

——ぺるりの黒船が来てこのかた、失策（しくじり）につぐ失策（しくじり）やな。もう徳川の世やないわ。

などと平気で言ったものだし、また実際、幕府や藩ににらまれて行きどころをうしなった過激な連中を無料で泊めてやったりもしている。いつしか周囲から「俠婦」などという称号をたてまつられたのも、ひとつには、これが大きな理由だった。

逆にいえば、だから近藤は歓迎されなかったわけだ。幕府司法権の最尖鋭というべき新選組局長。もっとも、それを抜きにしても、狗などという語を、かりにも武士が武士にぶつけるのは、

(聞きずてならん)

近藤は、ひざの上でこぶしをにぎった。

侮辱されたどころの話ではない。これだけで決闘を申しこむに値する。だがしかし、いまは薩摩の連中を、

(敵には、まわせぬ)

近藤は、心のなかで手綱をしめた。

うつむいて唇をかんだ。幕府と薩摩の関係は、いま微妙なところなのだ。

おもてむきは同盟している。いわゆる公武合体路線であり、昨年夏のあの蛤御門の変のときも両兵は団結して長州兵から御所をまもりぬいた。しかしその後、薩摩藩は、陰に陽に幕府に抵抗し、その実力を天下に誇示しはじめている。

世間には、

――いずれは長州と手をむすび、徳川に反旗をひるがえす。

などと邪推する向きもある。邪推というより期待かもしれない。ペリー来航以来の失策つづきの故というより、京の世論は、ただ単に、もはや徳川三百年の支配にあきあきしたのかもしれなかった。

すなわち幕府は、事を荒立てたくはない。

近藤もかねがね、上部組織というべき会津藩から、

――薩摩には、手を出すな。

と念を押されている。ましてや相手は中村半次郎。れっきとした藩士なのである。近藤はこれまで蛤御門の変の事後処理のため、黒谷の会津藩邸において、何度か会ったことがあるけれども、中村はそのつど、

――御側役・西郷吉之助の名代でごわす。

とか、

――家老・小松帯刀の代理で来もした。

などという名目を立てた。うそではなかったろう。そういう枢要の人物とここで決闘などしたら、勝とうが負けようが、

(皇国が、変わってしまう)

近藤は、顔をあげた。

相手の目を見て、はっきりと、

「聞きずてならんな、中村さん」

と言った。

すでにして激情は去っている。口調は冗談そのものである。もとよりこの寺田屋にかようのはあの男が目的であって、薩摩者など、ただの割りこみ客にすぎないのである。近藤は立ちあがり、羽織のえりを直しながら、

「左之助、かえろう」

左之助も、事情を察している。苦虫をかみつぶしたような顔をして、

「ああ」

立ちあがりかけたが、そこへ、

「いやや」

ほとんど悲鳴をあげたのは、おはるだった。尻を浮かし、近藤の腰にすがりつくようにして、

「行ったらあかん。ここにおって」

「おはる……」

近藤は、その真意に気づいている。このまま近藤がかえったら、おはるは中村の座敷につかざるを得ない。中村はみょうに吝嗇（りんしょく）なところのある男で、じゅうぶん飲ませてもらえな

いのである。彼女が近藤をえらんだのは、ただ単に、

（酒の多寡（たか）だ）

近藤は手をのばし、おはるの肩をやんわりと押しのけて、

「行ってさしあげろ」

おはるは鼻を鳴らして、

「意気地（いきじ）がないね」

「そのとおり。だから」

近藤は身をかがめ、唇をおはるの耳にちかづけて、

「中村うじの勘定も、わしがもつ。機嫌よう飲んでくれ」

「……ふうん」

「何だ」

「見なおしたわ」

「それは、どうも」

「酒のせいやあらへんで。あんさんは、がまんできるお人や」

ほめすぎたと思ったのだろうか。おはるはめずらしく目を伏せて、そそくさと部屋を出てしまった。

†

翌日。
西本願寺の新選組屯所に、伏見の薩摩屋敷よりの使いが来た。
——当藩家中・中村半次郎より、近藤勇様への手紙を持参つかまつった。
という口上だった。
近藤は、手紙を読んだ。

昨夜の無礼、ひらにお詫び申し上げる。酩酊の上などと言いわけは申さぬ。こんどは伏見ではなく、洛中のしかるべき茶屋にて一席ぜひ設けたく存じ上げる。

定型的な内容ながら、文章そのものはなかなか行き届いている。
(しらふなら、ばかではない)
の意をあらたにしたのもつかのま、その文面は、こんなふうに展開した。

その償いというわけではないが、ひとつお知らせ申し上げる。昨晩あれから、それがしは、おどろくべき事態に遭遇した。寺田屋のおはるに関しては、今後はおたがい、手を出さぬほうがよいと思う。なぜなら、かの女(おんな)は、おはるというのは仮の名である。その本体は……

それからつづく十数行をみな読んでしまうと、近藤は、

「ふむ」

左之助を呼んで、手紙をわたした。左之助がすっかり読んでしまうと、

「今夜も、伏見だ」

「寺田屋ですか」

「ああ。もしかしたら」

近藤は腕組みをし、お伊勢(いせ)まいりにでも出かけるような弾んだ声で、

「もしかしたら、斬りあいになる」

「中村半次郎と？」

「いや、あの男とだ」

†

伏見の歴史は、存外ふるい。

摂政藤原道長の長男・藤原頼通が隣接地というべき宇治に平等院を建立し、そこに隠棲したことで伏見の地もまた栄えた。

荘園という経済利権のたねとなり、朝廷内部でうばいあいになった時期もあるようだが、応仁の乱で灰燼に帰し、しばらくは荒廃のままに放置された。

それを復活させたのが豊臣秀吉だった。皇室の権威によらぬ独自の根拠地たらしめるべく伏見城を築城した。それを受け継いだ徳川幕府は城を廃棄し、伏見奉行の支配のもと、この街をむしろ京と大坂をむすぶ水上交通の要衝とした。というより、街自身が勝手にそのように発達したのである。

すなわち。

王朝の荘園から城下町へ、城下町から民衆の商都へ。それが伏見の歴史であり、ということは或る意味、日本史そのものの縮図だった。

そうした街の性格上、もっとも幅をきかせているのは船宿である。伏見の代表的な産業だろう。その船宿のもっとも有力な一軒である寺田屋を、近藤勇は、二夜連続でおとずれたわけだった。入口に立つと、おとせが出て来て、

「ご忠勤ですなあ、壬生のご浪人はん」

いつものとおり、皮肉を弄した。

　がしかし近藤は、この日は軽口を返すことをしない。左之助とさっと視線を交わすと、目をほそめ、ずばりと、

「おりょうを呼べ」

　おとせは一瞬、小鼻をふくらませたが、表情を変えずに、

「そないな名ぁの子は、うちにはおりまへんえ。どこぞの人ちがい……」

「ざれごとの暇はない。新選組をなめるな。おはるは、まことの名はおりょう。青蓮院宮の侍医・楢崎将作の長女にして、将作の死ののち洛中・七条新地の旅館兼料亭・扇岩にて仲居づとめをした。結婚後、この寺田屋へ」

「……わかりました」

　ぴしぴしと言うと、おとせは抵抗してもむだだとわかったのだろう、声を落として、
　みずから奥へ行き、おはるを、いや、おりょうをつれて来た。おりょうが口をひらく先に、

「わしは気がみじかい。駆け引きは無用にしろ。たのみがある」

「な、何や」

「おぬしの夫を呼んでくれ。いま、ここに」

「何のことやら……」

「駆け引きは無用と申したであろう。おぬしの夫は、土佐脱藩・坂本龍馬。われらのお役目上、ばったりと道で会うたら斬らざるを得ぬ相手だが、案ずるな。今宵はただ話したいだ

けだ」

　おりょうは、うなずいた。

　ほどなく寺田屋から番頭と手代が組になって、小田原提灯をさげて出て行く。こいつを尾行すれば洛中における坂本の潜伏先がわかり、土佐系浪士の根城がわかる。十人、二十人を一網打尽にする好機だが、ここは取り引きのしどころであろう。

（……今宵のみは、な）

　近藤は内心でつぶやき、その背中を見おくった。左之助が、

「腹がへった、若先生」

　けろりと言うので、

「待つあいだ、めしを食おう」

　戸のなかへ足をふみいれると、おとせが横から、

「お刀を、おあずかり……」

「ならぬ」

　近藤と左之助は、二階へあがった。

　ゆうべとおなじ座敷に入った。鹿角の刀架けを持ってこさせ、床の間に置かせる。大小を抜いてそれへ架け、床ばしらの前に座した。

　横に、おりょうが座を占める。

膳が出される。ただし膳の上にはお銚子や杯はなく、そのかわり幾品かのお菜のほか、漬物、汁物、それにうるし塗りの飯椀(めしわん)がひとつ伏せられている。近藤は飯椀をとり、おりょうへ突き出した。

おりょうはそれを受け取ると、お櫃からぬくめしを盛り、突き返して、

「近藤はん」

「何だ」

「……中村はんから聞いたんやね」

「災難だったな」

「まったくや」

おりょうは、ゆうべの出来事を告白した。あれから中村半次郎はおりょうとふたり、飲みに飲んで、よほどうれしかったのか酔いつぶれてしまった。おりょうは仲居部屋へさがったが、夜ふけに何か気配がして、目がさめると、枕もとに中村がいる。片ひざ立ちになっている上、下帯をつけていないので、脚のつけ根のしろものが見える。

中村は、

――おはる。おいの部屋で寝ろ。

掻巻(かいまき)の下へ手を入れ、抱き起こそうとした。拉致(らち)して思いを遂げる気なのだろう。

おりょうは、総毛立った。

ただし従順な女ではない。胸をどんと突きとばすと、立ちあがり、寝巻のふところに手を入れた。

短刀を出し、鞘から抜いた。その黒地に金の金具のこしらえ、油をぬったような刃のかがやき、単なる女の護身用をはるかに超える業物である。中村は目を見ひらいて、

——何じゃそれは。

問うたのへ、おりょうは、

「越前国広とかいう銘や。夫にもろたんや」

「き、貴様、亭主もちか」

「そうや。夫の名は、坂本龍馬」

とうとう告げた。告げなければ、この粗暴な薩摩隼人は、けっして引きさがらぬと見たのだった。

坂本龍馬は、浪人である。

浪人ながら幕府海軍奉行・勝海舟のもとで近代航海術の修業をし、神戸海軍操練所の塾頭となり、操練所閉所ののちは薩摩藩にちかづいた。最近はそれこそ西郷吉之助、小松帯刀といったような藩中枢の人物とさかんに面会して意見を交換していることは、藩邸内のことなので、中村はもちろんわきまえている。

態度が、一変した。

――すまぬ、おはる。

あとじさりして、正座した。平身低頭こそしなかったものの、

――すまぬ。すまぬ。

そうして脱兎のごとく、

「出て行ってしもうた。少しは胸がすいたけど、まあ、ええ迷惑やわ。話は合うてるか、近藤はん」

おりょうは聞きながら、二杯目のめしを差し出した。近藤はそれを受け取り、こりこりと漬物をかみつつ、

「合っている。わしによこした手紙とおなじだ。中村半次郎という男、あれで案外律儀なのだな。もっともわしは、その手紙で、おぬしが亭主もちだと知ったのではない」

「え？」

「それ以前から、そう、あの七条新地の扇岩にいたころから目をつけていた。もう一年以上になるな」

おりょうは目をぱちぱちさせて、

「ほんま？」

「ああ」

「あんさんは、あの店には来いひんかった」

「監察（諜報部署）の山崎烝という隊士が、ちょくちょく変名でな」

「何のために？」

「それはもちろん、坂本と会いたいからさ。おぬしには悪いが、この寺田屋へさんざん通いつめたのも、おぬしの夫が目的だったのじゃ。いずれ顔をつないでもらおうとな。まあ、結果として、いささか強引になってしまったが」

近藤は、表情を変えない。おりょうは、さすがに声をふるわせて、

「あの人が来たら、何する気なん？」

近藤はからっぽの飯椀を見つめつつ、雨だれの落ちるような口調で、

「本人に言うさ」

†

一刻（二時間）ののち。

本人が来た。

近藤は、おのが膳の上にさした影でそれを知った。見あげると、敷居をふんで立っているその男は、

（でかい）

それが、第一印象だった。

身のたけは、六尺（約一八〇センチ）もあるのではないか。顔のうしろに鴨居がある。その顔もまるで木彫りのようにごつごつしている上、目がほそいので、何やら民話から抜け出してきたような感じがした。視線をおろせば、毛臑（けずね）はながく、みっしりと黒い筋肉でかためられている。

腰には、大小二本さしている。おとせがあずからなかったのだろう。近藤は箸を置き、ぴたりと両手をひざに置いて、

「近藤です。ご来向（らいこう）に感謝する。こちらは十番組組頭・原田左之助」

「坂本龍馬」

「よろしく」

と、それだけ言うと、坂本は膳をはさんだ向かい側にどすんと尻をおろし、

「何じゃい、わしに用とは」

態度に、余裕がある。近藤は姿勢をくずさず、

「貴殿にひとつ、申し出をしたい」

「ほう」

「新選組に入らんか」

「何と」

坂本は、笑おうとしたら時間が停止した、そんな表情になった。

さすがに、ことばが出なかったのだろう。しばしの沈黙ののち、ようやく、

「……なぜ？」

「貴殿は、浪人だ」

近藤は、ごく真剣に語を継いだ。

「浪人ながら海軍奉行・勝安房守様のもと、神戸海軍操練所の塾頭となり、船をあやつる技術にかけては天下一だ。そのことはまぎれもない。しかしご公儀（幕府）がそれを閉所してからは、貴殿は、あんまり薩摩に寄りすぎている。おそらくは薩摩から内密に給金をもらっているのであろうが、いかがかな？」

坂本は、こたえない。語を継げと言わんばかりに近藤の目を見つめるだけ。近藤はひとつ咳払いしてから、

「拙者は、それをわがほうへ引きもどしたいのだ」

説得をつづけた。いろいろ事情はあるのだろうが、もともと幕府の手飼いだった人間が幕府側にもどる、畢竟それだけの話ではないか。坂本は有用な人材である。いまは江戸の閣老がきびしい目を向けているが、風向きが変われば、きっと操練所は復活する。かりに復活しなくとも、坂本にはかならず奔走の場があたえられよう。少なくとも、

「脱藩者だ、浪士だと幕府の狗に目をつけられ、陽もささぬ隠れ家でじっと息をひそめる必

要はなくなる。それだけでももう、貴殿のような御仁には大利益なのではありませんか」

「幕府の、狗ね」

坂本はわずかに破顔した。冗談だと思ったのだろうか。

「どうだ、坂本さん」

近藤は膳を手の甲で除け、ひざを進めた。坂本はふと横顔を見せて、

「おぬしはどう思う」

おりょうに聞いた。このあたりの間のとりかた、話のかわしかた、

(たくみだ)

と近藤はつくづく思う。おりょうは頓狂な声で、

「え？　うち？」

「おまんは長いつきあいじゃろ」

「近藤はんと？」

「ああ」

「そうでもあらへん」

「わしより長い」

そう言われると、おりょうは、あごに指をあてた。

しばらく思案した。指をはなして、

「がまんは、できるわ」

「ほう」

「ゆうべは薩摩の中村はんに、どないに挑発されても張り合わへんやったし、うちを気持ちよう譲りわたした。そのおかげでうちは寝こみを襲われたわけやが、まあ、近藤はんは、目の前の小事より大局をつかむお人やとは思う」

辛辣無遠慮なこの女にしては、最大の讃辞というべきだろう。

「ふむ。しかしなあ」

龍馬はぎゅうっと眉をひそめ、思案しいしい、

「わしが新選組に入ったら、おもしろいことはおもしろいが、まわりが何と言うかのう。脱藩仲間にしろ、旧操練所の部下にしろ、裏切り者もいいところじゃ」

「小事と思われよ」

近藤はやや軽口になったが、坂本は何気なく、

「流派もちがうし」

「何？」

「わしは北辰一刀流じゃき。あんたらは、ほれ、てんねん何とかいう……」

(何とか)

近藤は、にわかに頭が過熱した。

坂本はもちろん、

（邪気はない）

それはわかる。冗談ですらなかったろう。しかしながら江戸にあったころ、近藤たちの天然理心流は、世間から、

——いなか剣法。

とののしられた。

いや、それもまた見栄である。実際はののしられることも稀だった。十里はなれた多摩周辺でこそ農民相手に気炎を吐いたものの、江戸では誰からも相手にされず、入門者もいなかった。市谷柳町の道場で熱心に稽古にはげんだのは、近藤とおなじ、多摩以来の仲間だけだった。そのみじめさが忘れがたい。

いっぽう、北辰一刀流はどうか。

流祖・千葉周作が神田お玉が池において旗本なにがしの屋敷を買い取り、広壮な道場をかまえ、

——江戸、町道場の随一。

とまで称されるほどの門人の数をほこり、質をほこった。門人は全国から来た。坂本がまなんだのは流祖の実弟・千葉定吉が京橋桶町にひらいた支部のほうだが、その支部ひとつでも近藤たちの試衛館に何倍したかは測りがたい。

いうなれば、坂本は最高学府の出身者。近藤は、

（最底辺）

その劣等感が、噴出した。

（下剋上じゃ）

近藤は立ちあがり、足をふみだした。

床の間のところへ行き、鹿角の刀架けの刀をつかんだ。われながら大局よりも、目の前の小事に目がくらんでいる。どうしようもない。われとわが身をとめられなかった。ここで坂本を斬ったところで何のお咎めもないどころか、職務上の、

（得点になる）

その安心もなかったと言ったらうそになる。坂本のほうへ正対すると、膳をがらりと横へ蹴り、刀の鯉口（こいぐち）をかちりと切って、

「聞きずてならん！」

「やるかね」

坂本も、もう立っている。

腰の刀に手を置いている。どちらかが白刃をわずかでも示せば、その瞬間、かならずどちらかが死体になる。

近藤は、畳の上ですり足をした。

ちりちりと音が立った。坂本の顔は、さっきとまるでちがう。ほそい目をいよいよ針のようにして、天井から鋭く近藤を見おろしている。

近藤が右足(うそく)をふみだし、

「やっ」

気合いとともに抜こうとした刹那、ふたりのあいだへ、

「あかん！」

「そこまで！」

左右から、男女が割って入った。

ひとりは、おりょう。

もうひとりは、

「左之助」

近藤ははっと我に返り、それが隙になった。左之助が近藤へ手をのばす。近藤はそれを避けきれず、そろえた指でぴしりと手の甲を打たれた。

(う)

手の甲があっけなく刀から落ちたとき、近藤の頭は急冷されている。刀をぽいと投げすて、その場へあぐらをかき、

「失礼した。坂本さん」

坂本もあぐらをかき、

「わしこそ。失言じゃった」

天然理心流の現宗家と、北辰一刀流の元塾頭が、ほとんど同時に礼をした。頭がぶつかりそうになった。

同時に身をそらし、声を立てて笑いだした。心がかよったというより、何か照れてしまったのだろう。ようやく笑いがおさまると、坂本は、何度もひざをたたいて、

「入りましょうかな、新選組に」

「おお」

「まあ、少しかんがえましょうよ。まずは酒だ、おりょう。初見参(ういけんざん)の清酌(せいしゃく)じゃ。たんと馳走してくれい」

「ええ」

おりょうは目をかがやかせると、跳ぶようにして廊下へ出た。階段をおりる足音がせわしない。きっと自分のぶんの杯ももってくる気にちがいなかった。

†

五か月後。

京は、冬のさなかである。

だらだらとつづく東山の上にまだ朝の陽がのぼらず、しかしそのうしろの黒幕にほんのりと橙(だいだい)色の扇がひろがりそめるころ、鉢四郎は、

(寒いなあ)

白い息を吐きつつ、西本願寺の屯所を出た。

醒ケ井七条下ルの左之助の家をたずねた。

「御免を。菅沼です」

門前で声をかけ、裏へまわる。おまさはすでに着がえていて、庭に面した縁側でひとり正座して待っていた。鉢四郎は、

「おはようございます。どうぞ」

経木の箱に入った弁当をわたした。

「おおきに」

と、おまさは、ひざの上で受け取る。

箱はふたつ重なっている。ぎこちなく上半身を奥へねじり、

「旦那様。菅沼殿が、朝ごはんを」

「うーい」

と動物のように唸(うな)りつつ、左之助が出てきた。

寝巻すがたで、髪の毛もみだれている。おまさの横にあぐらをかき、もにゃもにゃと何かつぶやきつつ、弁当をひとつ手にした。

経木のまっすぐな囲いのなかは、いちめんの白いめし。その中央に梅干しが三つ、ぴたりと列をなしている。お菜はなかった。

「おう、おう、これでいい。湯をわかそう」

「わいてますよ」

おまさが立ちあがろうとすると、左之助はにわかに目をさました。こわい顔をして、

「ばか、お前がやるな。なんで起こさなかった」

「すんまへん」

「すわってろ」

立ちあがり、敷居のむこうの長火鉢のところへ行った。火鉢の上でしゅんしゅん音を立てている鉄瓶をとり、それから横のどんぶり鉢もふたつ持ち、縁側へもどる。

(左之助さん、気にしてる)

鉢四郎は、笑いをかみころしている。おまさの腹はもう、産婆から、

――心がまえを、しておきなさいよ。

と言われているほどの状態なのだ。

左之助は、どんぶり鉢を置いた。鉢四郎がそれぞれへ、めしと梅干しを移しこむと、さー

っと音を立てて湯をかけまわし、鉄瓶を長火鉢へもどした。鉢四郎が箸をわたす。左之助は、おのれのぶんを抱えるようにして、あっというまに掻きこんでしまった。

「冬の朝は、これにかぎる」

満足そうに言うのを見とどけて、

「じゃあ」

鉢四郎は、体の向きを変えた。屯所にもどろうと思ったのである。

と。

向こうから、

「原田さん。原田さん」

血相を変えて来るのは、山崎烝だった。監察に属する隊士だから、賄方の鉢四郎とは、もとより深いつきあいはない。

「何だい、山崎」

左之助が応じると、山崎は、縁側の前で急停止して、

「一報が入りました。ゆうべ伏見の寺田屋に、ご公儀の捕方がふみこんだそうです」

「何！」

「伏見奉行の仕事かと。おりしも寺田屋には坂本龍馬、および長州藩士・三吉慎蔵が滞在していた由」

「そ、それで坂本は……」

「妻おりょうが風呂に入っていたところ、異変に気づき、ほとんど裸のまま風呂を出て急を知らせたそうです。紛擾（ふんじょう）の末、三名とも脱出しました」

「どこへ逃げた」

聞き返したが、その答は、左之助にはわかっているようだった。

「薩摩屋敷だな」

断言した。

（ああ）

鉢四郎、足がふるえている。左之助や山崎がいなかったら、尻もちをついたにちがいなかった。

左之助から聞いたところでは、坂本は、脈があった。幕府（こちら）につなぎとめられる可能性があった。あやうく近藤と斬りあいになるところだったが、その危機も、左之助の機転により未然にふせがれたという。それを聞いたとき、鉢四郎は、

（原田さん）

胸のあたたまるのを感じたものだった。近藤でさえ度をうしなった坂本との会談で、左之助ひとりが冷静だったのは、つまり、理由が、

――結婚だ。

と見たからである。

そんな気がして仕方がなかった。坂本龍馬とおりょうという一対の夫婦をまのあたりにして、わが身の上を思い出した。夫婦とは、老いるまで添いとげてこそ夫婦だろう。それで命のやりとりを忌避したのだ。

もちろん、真相はわからない。

よしんば左之助に聞いたところで、

「妻のために、斬りあいを避けた？　ばかかお前は。女など気にして大事が成せるか」

と言うにきまっている。男の男らしさ、武士の武士らしさにことさら拘泥するのがまた左之助という人間なのだ。

が、鉢四郎には、

（男は、変わる）

その確信がある。鉢四郎自身もかつては結婚、育児を経験して、大いに変化（へんげ）したものだった。ましてやおまさは身重（みおも）なのだ。鉢四郎にはむしろ、妻への慕情などという恥ずべき感情がゆくゆく天下をうごかすなら、

（そいつは、いい）

そんな期待すらあった。我田引水かもしれなかった。

どちらにしろ、すべてはつぶれた。

伏見奉行は坂本を急襲したのである。しかも仕留めそこねたのである。何か情報をつかんでのことだったのだろうが、これで坂本はもう永遠に薩摩のもの。新選組は、こんどこそ彼の命を取らなければならない。彼ならほんとうに幕府をつぶしかねないのである。

「ばかが、ばかが」

左之助はくりかえしつつ、その場で着がえた。

山崎とふたり、馬で屯所へ駆けだした。鉢四郎とおまさは、ふたりになった。東の空に陽が出るや、おまさは腹を抱き、ひざをくずして、

「んっ」

かん高い声でうめきはじめた。

顔がゆがみ、汗にまみれている。陣痛が来たのだ。鉢四郎はあわてて産婆の住まいを聞き、ばたばた走って門を出た。われながら新選組らしくない仕事である。

乳児をさらう

慶応元年（一八六五）三月、新選組は、洛外から洛中へと屯所をうつした。壬生村から、西本願寺へ引っ越した。もともとこの寺の境内は、――二条のお城より、ひろい。

などと人々にうわさされるほどなので、その北東部分をかっきりと竹矢来で仕切り、

新選組本陣

の看板をかかげ、僧の出入りを禁止し、そのなかの諸堂をことごとく宿舎にしてしまったのである。

宿舎だけでは、もちろん足りない。太鼓櫓だの牢屋だの道場だのいう、寺にはどうみても必要ない施設をほしいままに建てた。聖域のなかの濁世だった。

それでもまだ、土地はあまる。だから隊士たちは日中はたいてい道場の外へ出て剣の稽古をしたものだし、気のむいた日など、ごろごろと臼砲をひっぱり出して発射の練習までしたりした。

——もはや刀槍の時代ではない。洋式調練もやらねば。

というのは、新選組でもいちおうは常識だったのである。こんなとき下京の街の屋根瓦はびりびりと、一日中、砲声にふるえるわけだった。

その引っ越しから、一年あまり。

よく晴れた四月の朝、賄方（まかないかた）の菅沼鉢四郎は、例の竹矢来の内部（なか）、寺の庫裡（くり）をそのまま接収した賄所（まかないどころ）にこもって弁当づくりに精を出していた。

台の上へ、ずらりと六つ。杉の経木の折箱をならべて、

「ほい」

「ほい」

調子をとりつつ、めし、菜、香の物を順につめていく。けさの菜は、慈姑（くわい）の煮っころがしだった。

六つぜんぶつめてしまうと、べつの経木でふたをして、二折（ふたおり）ずつ重ねて竹の皮でつつむ。それをさらに風呂敷でつつむ。三つの荷（に）ができる。そのうちふたつを老僕の勘太へわたしながら、

「勘太。おぬしは土方さんと、武田観柳斎さんの休息所へたのむ」

休息所とは、実体は妾宅（しょうたく）である。妾（めかけ）のぶんも弁当をとどける。勘太はうなずいて、

「旦那は、原田さんのとこへ？」

「ああ」

「あそこは、正妻だ」

「そうだな」

「稚児まで生んじまって。いい旦那様だねえ」

（どうかな）

鉢四郎が口をつぐんだのは、きのうの暮方、夕餉の弁当をとどけたときのことを思い出したからだった。あのとき左之助は、そう、

（赤んぼうに、刀まで）

鉢四郎はその光景を思い出して息がつまりそうになり、首をふって、

「行こう、勘太」

ふたりは、賄所を出た。

もう四月も終わろうとしている。西側の竹矢来の門から出ると、そこは寺の境内である。そこここに柳の木が立っていて、ついこのあいだまで、そこだけ黄色い霧のたちこめるような無数の花を咲かせていたのだが、いまは地に落ちて、濃緑の葉が風にゆれるのみ。

空をあおげば、東山の上には涼しげな朝陽が顔をのぞかせている。きょうも、さわやかな一日になるだろう。何となく心浮くものを感じつつ、鉢四郎は、寺の門を出ようとした。

寺の門は、伏見城から移したといわれる黒色壮麗の唐門である。或る意味、新選組にふ

さわしい。出たところの路上で、

「あっ」

左から来た女とぶつかった。

女は、白無垢の寝巻をまとっていた。鉢四郎はとっさに弁当を腹にかかえ、体を前に折り、折りつつうしろへ尻もちをついた。

おそるおそる風呂敷づつみを手でなでて、その無事をたしかめると、にわかに立ちあがり、

「気をつけろ」

女の目は、あやしく血走っている。

ほつれた鬢の毛が風になびいて凄（すさ）まじい。その顔はろくに化粧もしていなかったけれども、

鉢四郎は、

「あれ、おまささん」

十番組組頭・原田左之助の妻おまさではないか。風呂敷づつみを片手でもちあげ、ちょいと左右にふって見せたのは、

――いまから、とどけに行くところですよ。

という意（こころ）だったが、おまさは手をかざし、風呂敷づつみを払い飛ばして、

「鉢四郎はん！」

がさり、と遠くで折箱のつぶれる音がした。鉢四郎はわけがわからず、

「あの、おまささ……」

「返せ！」

「は？」

「茂を返せ。あの子を。はよう、はよう」

胸ぐらをつかんで前後にゆすった。ふだんは快活な女なのである。勘太があわてて、

「およしなせえ」

ふたりのあいだに腕を入れて引き離そうとしたが、しかし何ぶん七十をこえた枯れ竹のような腕ではどうにもならぬ。もみあいがつづく。泣き声がひびく。このままでは、

（勘太のも）

そのことを恐れて、鉢四郎は、

「勘太、おぬしは行け。つつがなく弁当をとどけろ」

「へい！」

ためらうそぶりを見せることなく、勘太は腕をぬき、いっさんに四つ辻をまがってしまった。面倒事がいやなのだろう。そのかわり、

「あきまへん」

唐門から新たに、黒い作務衣に輪袈裟をかけた僧がひとり出てきて、

「あきまへん。あきまへんよ」

おまさを背後から抱きすくめ、あっさりと鉢四郎から引き剝がした。鉢四郎は中腰になり、肩で息をしつつ、

「ああ、頓円さん。かたじけない」

頓円は、ちらりと笑みで応じた。

——人の世の修羅には、慣れております。

とでも言いたげな、えくぼのふかい笑みだった。ときどき境内で顔を合わせる、おなじ年ごろの気さくな僧。お香のかおりが鼻腔にこころよい。ちょうど朝のお勤めが終わったところなのだろう。

おまさは、なおも半狂乱である。鉢四郎が、

「茂さんが、どうしたのです」

と問うと、

「さらわれた」

「え！」

「何が『え！』や。とぼけるな。あんたが誘拐かしたんや」

「し、知りません」

「ほんまか」

「ほんとうです」

断言すると、おまさは急にじたばたをやめ、その場にへたりこんでしまった。心のどこかで、

——あり得ない。

と思っていたのだろう。茂というのは、三か月前、おまさと左之助のあいだに生まれたばかりの男の子なのだ。

鉢四郎ももちろん知っているどころか、きのうなど、手ずから湯浴(ゆあ)みまでさせた。この世の中でもっとも危害を加えそうにない大人のひとりと自負している。

鉢四郎はおまさの前へまわり、しゃがみこんで目の高さをおなじにして、

「話してください。何があったのか」

「さっき、家(うち)で」

とおまさが口をひらいたら、背後の頓円が、

「それじゃあ私は、お勤めがありますから」

肩から手をはなして、すたすたと唐門の内側へ入ってしまった。あおあおと剃った頭のうしろが、油をぬったように光っている。気をまわしてくれたのだろう。鉢四郎はその背中へ、

「かたじけない」

声をかけたけれども、おまさには、見知らぬ僧を気づかう心のゆとりはない。一転、哀願するような口調になって、

「家でなあ」

事の次第を話しはじめた。

話はさほど複雑ではない。いまから四半刻（三十分）ほど前だと思うが、庭のほうから、野太い男の声がした。

「原田さん、おはようございます。菅沼鉢四郎の使いの者です」

おまさは、もう起きていた。いつもより時間が、

――少し、早いな。

といぶかしくも感じたし、また、

――鉢四郎さんが、お使いを？

疑問をもちもした。鉢四郎はこれまで勘太以外の者をよこしたことはなかったし、勘太なら「勘太です」と名乗るのが習慣（ならい）なのだ。

が、その声がごく小さいことが、おまさを信用させた。鉢四郎や勘太はかねてから朝の弁当をとどけるさいは、赤んぼうを起こさぬよう、極力ささやくように呼びかけをしていたのである。

「おはよう」

おまさは、雨戸をあけた。と同時に男が縁側へおどり上がった。おまさはおどろいて、

「誰？」

と言うか言わぬかのうち、当て身をくわされ、意識をうしなう。ふたたび目をあけ、ぐったりと身を起こしたときにはもう寝床には愛児のいとしい姿はなかった。

手の甲で、ふとんを撫でる。まだ温い。おまさはようやく悲鳴をあげ、

「旦那様。旦那様」

夫はいなかった。ゆうべ不機嫌になって飲みに出かけたまま、帰ることをしなかったのだ。

おまさは家をとびだした。白無垢の寝巻のまま、とにかく鉢四郎のもとへ、新選組の新屯所へ……。

「おまささん」

鉢四郎は話を聞き終えると、おまさの肩に手をそえて、

「そいつの顔に、見おぼえは？」

「あらへん」

短くこたえるや、おまさは顔を覆ってしまう。その気持ちが鉢四郎にはよくわかる。まったく責任がないことでも、子供に対しては、

──ごめんな。うちのせいや。

そう思うのが親のつねなのだ。

「とにかく、家へもどりましょう」

鉢四郎はそう言うと、おまさを立たせ、家をさして足をふみだした。口をつぐんだまま歩

きながら、ひとりでに、

(原田さんでは)

その念が、心に浮かんだ。

まさか、とあわてて否定する。実の父親が子供をさらって何になるのか。われながら荒唐無稽にもほどがあると思うけれども、つぎの瞬間、さらうどころか、

(殺したのでは)

いっそう想像が先を行くのは、それほど思い出がなまなましいのだった。実の父親が、わが子に対して、どうしてあんな酷いまねができるのだろう。

「だいじょうぶですよ」

鉢四郎は、むりに笑ってみせた。おまさはうつむいたまま。鉢四郎は大げさに手を打って、

「そうだ、ちょうど近藤勇局長も広島への出張から戻って来られたところだった。局長もたしか、ふるさとの多摩上石原村には四つか五つの娘さんがおられたはず。相談すれば、きっと助けてくれる」

「……お願い、鉢四郎はん」

「まかせてください」

東山の上の陽は、だいぶん高くなっている。きょうもさわやかな一日になるだろう。

†

話は、きのうの暮方にさかのぼる。

夕暮れは、永遠につづく感じだった。西山の上には色の濃い太陽がぽってりと浮かんだまま沈むことをせず、桂川の川面にうつり、二条のお城のお濠にうつり、寺の蹲踞にうつり、商家の庭の池にうつり、あちこちの路地の水たまりにうつって数えきれない。

おまさの家では、縁側に、杉の盥を出していた。

その盥の湯でもまた、卵の黄身のようなそれが不動のただよいを見せていた。鉢四郎はその黄身の上へ、

たぷり

と、赤んぼうの体をつけた。

左手をその子の頭のうしろへまわし、親指と中指をのばして、湯が入らぬよう左右の耳をふさぐ。

「お泣きあらぬな、茂さん。大事ない。すぐ終わりますから」

などと歌いつつ、鉢四郎はさらに右手を湯に入れ、人さし指を立てて、顔、首、脇の下をこすってやった。どの部分も、むくむくと脂肪のかたまりである。

何をされているのかわからないのだろう。生後三か月の嬰児（えいじ）は、信頼も猜疑もない目でじっと鉢四郎を見ている。その黒い瞳のなかにも、まるで夜空の星のように夕陽の点がまたたいていた。

脚のあいだには、ふぐりがある。体ぜんたいに対して思いのほか大きく黒い。それをも洗ってやってから、

「はい」

ざぶりと取り出し、あらかじめ横に敷いてある麻の葉柄（がら）の産着（うぶぎ）の上にのせる。おまさの声が、

「はあい」

と応じた。おまさは白い腕をのばし、手早くつつんで抱きあげた。おのが着物の胸をくつろげ、乳首へ唇をすいつかせる。

んっ、んくっ、と元気にうめきつつ赤んぼうは乳を飲みはじめる。おまさは鉢四郎へ、はしゃぎ声で、

「えろうすんまへんなあ、鉢四郎はん。ただお弁当をとどけに来てくれはっただけやのに、こんな手伝いまで。堪忍（こお）してや。うちはもう、ひとりではこの子をよう湯浴みさせられへん。さすがは左之助はんの子や、重（おも）うて重うて」

「いえいいえ、これしき。嬰児（やや）のあしらいには慣れております」

われながら、

（たよりがいある、返事だ）

鉢四郎は、ほくそ笑む。うそではない。いまは別れてしまったし、実の子ではなかったが、鉢四郎はとにかく女の子をひとりで育てた経験があるのだ。

笑みつつ縁側をおり、草履をはき、盥をもちあげて体をひねった。垢と脂でよごれた湯を庭へすてようとしたのだ。そこへ、座敷の奥から、

「いいかげんにしろ！」

ことさらな足音とともに、左之助が来た。まぶたが紅殻（べんがら）をぬったように赤いのは、さっきから飲んでいる酒のせいか。

左手には、長刀をさげている。おまさの前で仁王立ちになり、となり近所へひびくような声で、

「武士に手酌（てじゃく）をさせる気か。こっちで俺に酌をしろ」

「あ、す、すいません」

おまさは左之助を見あげ、頭をさげた。じゅうぶんさがらない。むろん赤んぼうを抱いているせいなのだが、左之助にはよほど反抗的に見えたのだろう。ますます声を大きくして、

「わからんなら、興友（おきとも）だ」

蠟色（ろいろ）の鞘を払い、ぎらりと銀色の身をあらわした。

赤んぼうに向け、小さな頰をひたひたと打つ。興友は刀の銘である。赤んぼうはまだ首がすわっていなかった。きゅうに唇が乳首から離れ、がくりと横を向くことはこれまでも何度もあった。そうなれば、愛らしい柘榴(ざくろ)の実(み)は、容易に赤い果汁をほとばしらせることになる。鉢四郎は、背すじが凍った。盥を置いて、

「よしてください！」

「うるせえ」

左之助は酒くさい息を吐き、鉢四郎の肩を蹴った。鉢四郎は、沓脱(くつぬ)ぎ石の上に尻もちをついてしまう。すぐに立って、

「原田さん！」

左之助はもう、双肌(もろはだ)ぬぎになっている。

下帯もあらわに胡座(あぐら)をかき、左の脇腹から臍(へそ)にかけての、定規(さし)をあてて引いたかのような真一文字のみみずばれを手でぴしゃぴしゃと叩きつつ、

「俺あなあ、金物の味を知らねえやつとはちがうんだ。お前にはまだ言ってなかったが」

(言いました)

もうこれまで百回は聞かされてます。そう言い返したかったけれども、刺激したくなかった。左之助は十代のころ、伊予松山藩一万石で中間奉公をしていたが、よほど血の気が多かったらしい。上輩とつまらぬいさかいをしたあげく、駕籠をつかまえ、そのまま藩地を脱し

てしまった。

　国境の峠をこえたところで、腹を切った。駕籠のなかである。先棒かつぎが異変に気づいて、

「こなくそっ」

　きびすを返し、そのまま医者へかつぎこんだから一命はとりとめたが、左之助は、とにかくそういう短気さがある。それに加えて酒の酔いと、女房への八つ当たりじみた憤怒とによって、いまは子供の頭を、

（割りかねん）

　鉢四郎は、ほとんど揉み手せんばかりに、

「ごりっぱな荒武者ぶりです、原田さん」

「わかってんのか」

「ええ」

「なら」

　左之助は赤んぼうから刀を引き、立ちあがった。座敷の奥へ行き、畳にころがっている杉の経木の弁当がらをつまんで放ってよこし、

「こんな気のぬけた晩めしは持ってくるな。きょうの菜は何だった？」

「え、ええと、こんにゃくと豆腐の田楽。葱のつけ焼き。嫁菜の漬物……」

「魚がねえ」

「は、はあ」

「魚を入れろ魚を。荒武者はまず何よりも膂力なんだよ。そうして膂力ってなあ動物を食わなければ湧き出ない。毎日刺身とは言わぬにしても、干物の一枚くらい入れてこい」

(新手の、わがまま)

とは、鉢四郎はこれは思わなかった。むざんにも白いめしつぶの点々とひっついた弁当が、ちらりと見て、

「さすが」

ひざを打ったのは、ほぼ本心からだった。縁側にしがみつくようにして、

「そのことは、私もかねて遺憾なのです。何とかしてください原田さん」

「事情があるのか」

「引っ越しです」

「はあ?」

左之助は、眉をひそめた。刀をふたたび鞘におさめ、がらりと鞘ごと畳へほうり出して、

「引っ越しって、屯所の?」

「そうです。いまの屯所では魚どころか、かつぶし一枚手に入らないのです。何ぶん天下の西本願寺じゃあ、なまぐさものは禁物、魚屋や乾物屋が来てくれません」

「いままでのを呼びつければいいじゃねえか。距離にすりゃあ半里（約二キロ）にもならん」

「ああいう商売の連中は、ふだん殺生に親しんでいる。かえって信心ぶかいのです。打ち割ったところ、私はいまでも前の壬生に帰りたい。まわりの畑で蔬菜もとれたし」

「ふむ」

左之助は、唇をへの字にした。一理あると思ったのだろうか、それとも一考してやらなければ永遠に魚が食えないと恐れたのだろうか。少しのあいだ考えこんで、

「やっぱり、むりだ」

「ええっ」

「だいたい、俺に言われてもなあ」

左之助は立ちあがり、帯をとき、うつむいて着物をもとどおり着なおしながら、

「大坂の屯所とはわけがちがう。俺にはそんな力はねえよ。そもそも今回の引っ越しは若先生じきじきの発案だし、それに鉢四郎、お前はのほほんとしてるから知らんだろうが、この引っ越しは、じつは隊そのものの兵術の一部なんだ」

「兵術？」

「おう」

左之助は帯をしめ、立ったまま説明した。徳川幕府は二年前、あの蛤御門の大いくさに勝

って長州兵を京から追い出すことに成功したが、その後さらに息の根をとめるべく、全国の大名へ、

——長州を、攻めよ。

号令を発した。長州はいったんは恭順の意を示したものの、内戦が起きて高杉晋作らの主導するところとなり、かえって旧に倍する反抗的態度を鮮明にした。

幕府はふたたび全国へ、

——長州を、攻めよ。

と号令して、いままさに戦端をひらく準備をしている。

諸大名は逡巡している。こういう緊迫した政情下、京においては、意外な勢力がこっそり長州の味方をしていた。

「それが、西本願寺だ」

左之助は舌打ちして、話をつづけた。この寺の謀叛が判明したのは、やはりと言うべきか、蛤御門の変のときだった。

戦闘に参加したわけではない。ないがしかし敗走する長州兵どもを寺内にかくまい、傷の手当てをしたばかりか、

——新選組が、残党さがしに血まなこになっている。変装してお逃げなされ。

袈裟だの、網代笠だの、頭陀袋などをあたえた。ものの自体はみな正真正銘のほんものだ

から、それを身につけた藩士や浪士を、新選組は丹波口、竹田口あたりの検問でまんまと見すごしてしまったのである。もともと西本願寺というのは正式名称はただの本願寺、宗祖・親鸞の墓を起源とする浄土真宗ただひとつの本山だったものを、二百六十年前、徳川家康がむりやり割って東本願寺を建てさせたため、勢力をいちじるしく削がれた経緯がある。いまも確信犯的に、

――徳川、呪うべし。

の気風をのこしているのにちがいなかった。

この西本願寺による狼藉を、近藤勇は、のちに知った。

唇から血がながれるほどくやしがって、

「ならば」

と、隊幹部へおどろくべき提案をした。

「わが屯所を、西本願寺にぶちこもう」

これを聞いたとき、左之助は、

（天稟の才だ）

体がふるえたのである。なるほどそれが実現すれば、不埒な尊王坊主どもを四六時中、監視できる上、いまの壬生村の諸弊もあわせて、

（解決できる）

そもそも壬生で、

——屯所。

と呼んでいるのは、じつは屯所でも何でもなかったのだ。

少なくとも、新選組専用の土地や建物ではなかった。点々とちらばる豪農の母屋や離れなどを借り、ながらく分宿状態だったのだ。

当然、不便だらけである。剣の稽古も、罪人の取り調べも、一般隊士の食事や寝泊まりもみな離れた場所でやるのだから。

——ひとところで、やりたいものだ。

などと誰もが思っていたところへあの二条城よりも広大といわれる西本願寺への転出案。しばらく長州との関係をわすれて純粋に隊務の効率をおもんぱかったとしても、歓迎すべき、一石二鳥の妙案だった。

「どうだ諸君。賛成か」

近藤は、幹部に問うた。左之助はただちに賛意を示し、副長・土方歳三はこの人らしく、

「京の世論が、どうなるか。何しろ信徒が多いからな。いっそう風あたりが強まるのではないか」

と慎重な意見を呈したが、衆議の上、

——賛成。

　ということになり、近藤は翌日、そのことを上部組織たる会津藩に申し出たのである。話は、あっというまに成立した。

　だいいち会津藩自体、郊外ながら黒谷の金戒光明寺に本陣をかまえているのである。二条城の内々のゆるしも得て、引っ越しがおこなわれたのが慶応元年（一八六五）三月。

　あの左之助とおまさの結婚披露宴がおこなわれた直後ということになる。ただ鉢四郎の賄所だけは諸事情から壬生にとどまりつづけ、九か月あまり後にようやく西本願寺へ合流したのだが、いずれにしろ、右の経緯をかんがえれば、たかだか魚が手に入らぬという理由で屯所をまるごと元にもどすなど、

「金輪際あり得ん。わかったか鉢四郎」

「しかし原田さん、動物なしでは膂力が出ないと……」

「魚屋を入れろ」

　左之助はそう言うや、身をかがめ、畳の上の長刀をとった。

　鉢四郎はどきりとした。自分が斬られると思ったのではない。またぞろ先ほどの暴虐を、反射的に、おまさを見た。

（茂さんに）

　おまさはもう、乳やりが終わっている。赤んぼうの胸を右肩にのせ、とんとんと背中を打ってげっぷを出させてやろうとしつつ、おののきの目で夫を見あげている。左之助は奥へ行

き、刀架けから脇差をつかんで長刀とともに腰にさしこんだ。

縁側へ来て、沓脱ぎ石へ足をおろし、草履をはいた。おまさが赤んぼうを肩にのせたまま、腰を浮かせて、

「どちらへ」

「酒だ。飲み足りん」

こたえたときには、もう足をふみだしている。あてつけがましい口ぶりで、

「島原あたりでな。酌なら心配ご無用だぜ、奥方様。今夜は、帰らねえ」

「そ、そんな……」

「そんながき、瘧(おこり)で死にゃあいいんだ」

進んだ先には、鉢四郎が立っている。両手をひろげて、

「原田さん！　見そこないました。あなたは……」

「どけ、弁当屋」

つきとばしたので、鉢四郎は、両手をひろげたまま天を向いて倒れた。後頭部をしたたか庭石に打たれ、目の前に星が散る。

左之助は、行ってしまった。誘拐事件はこの翌朝、この場所で、起きたことになる。

おまさは、まだ放心している。鉢四郎は家まで付き添うと、

「ここから決して出ないでください。もしかしたら下手人が罪を悔いて、茂さんを返しに来るかもしれない」

「はあ」

「また来ます」

言い置いて、西本願寺の屯所へもどった。近藤に事の次第を報告し、捜査のための人員を、

(さいてもらおう)

すでに日は高い。唐門をくぐって境内に入り、新選組用の竹矢来の門をぬける。左手の奥、信徒用の集会所だった建物の横のやや広いところに、あの男の姿があった。

左之助である。組下の十二、三人にかこまれて、防具もつけず、面金もつけず、タンポをつけた槍をしごいて上浦金吾（かみうらきんご）という年上の伍長と対峙していた。

上浦のほうは、防具も面金もつけている。いうなれば飛車角落ちで、

——相手してやる。

というのだろう。鉢四郎はためらわず、

†

「原田さん」

左之助は、気づいた。相手へ手をかざし、鉢四郎のほうを向いて、

「何だ、稽古中に」

「茂さんが……」

「ばか」

これ以上むりというほど顔をゆがめて、あごをしゃくり、

「来い」

集会所の建物のかげへ行った。鉢四郎はあとにつづき、小声でこれまでのことを話す。そうして、

「茂さんはいま、どこで誰に何をされているのか……。おまささんは家におられます。私がお送りしました。おひとりで胸を痛めて……」

「お前か」

「え？」

「下手人は、お前なのか」

左之助は、平然と問うた。鉢四郎は顔をしかめて、

「ちがいます」

いったい何を聞いていたのだろう。はっきりと、

「私は、原田さんかと」

「下手人が？」

「ええ、そのとおりですよ。原田さんが島原から素性のよくない男をよこして私の名を名乗らせ、茂さんをさらわせた。きのうの腹いせに」

言いながら、例の光景を思い出している。刀をぬいて赤んぼうの頰をひたひたと叩いたときの左之助の目は、あれは父親の目ではなかった。たとえば四つ辻でばったりと大物浪士に出くわしたというような、

（……鬼神のごとき）

左之助は、怒らない。

ばつの悪そうな表情にもならず、弁解もしなかった。どころか両腕を上にのばしてあくび、をして、

「それよりも、腹がへった」

「はあ？」

「さっきまで蓑屋にいたんだ。胡竹と寝たのさ。にぎりめしでも何でもいい、俺の部屋へよこせ」

（どうかな）

鉢四郎は、その顔をぬすみ見た。蓑屋とは島原の料亭の名、胡竹とはなじみの遊女の名。

のうのうと朝帰りしてわが子の安否を気づかう様子を見せないのは、ただ情が薄いだけなのか、それともやはり、

(下手人だからか)

と。

境内のほうが、にわかに騒がしくなった。建物のかげから出て見ると、隊士は数が倍になっていて、

「五対五でも」

「やろうやろう」

「先鋒(せんぽう)は誰だ」

などと声をはずませている。どうやら三番組の連中が来て、

——ひとつ、組どうしで。

などと誘ったらしい。左之助が駆け出して、

「こら、お前たち。勝手なまねをするな」

「おや！」

と、ことさら大きな声をあげたのは、人の輪のまんなかに立っている若者。

三番組組頭・斎藤一だった。金壺(かなつぼ)まなこに、貧乏人でも見るようなあざけりの意があらわである。左之助より四つ年下、まだ二十三歳なのだ。

もともと江戸の貧乏御家人の次男坊で、溝口派という由緒はあるが流行らない一刀流をまなんで人に秀でるところがあったという。

近藤勇の天然理心流・試衛館にも、はやくから出入りしていた。が、何しろ、

――俺あなあ、金物の味を知らねえやつとはちがうんだ。

が口ぐせの左之助にも負けぬほどの癇癪もちで、或る日、芝の赤羽橋の上で、吉原帰りのさむらいに、

――肩がふれた。

などと難癖つけて斬りつけた。相手はただ一太刀で下の古川へ落ち、背中から浮かんで息絶えていたという。

まずいことに、旗本だった。斎藤はそのまま逐電し、東海道を西上し、京にひそんだ。よほど性格が屈折しているのか、あるいは何か事情があったのか、京でも聖徳太子流という無名の軍法道場をわざわざえらんで駆けこんで、酒など飲んで日を暮らした。そこへ天の配剤よろしく旧知の試衛館の連中が、清河八郎、芹沢鴨らとともに浪士組を結成して、将軍警護の名目で上洛してきたのである。

斎藤はそのうわさを聞きつけて、当時の屯所だった壬生へとびこみ、平然と、

「しばらくだな。元気だったかい」

そののちは近藤勇を、

——若先生。

とあおぎ、浪士組およびその発展的後継団体である新選組において獅子奮迅のはたらきをしている。市中とりしまりの成績もよかった。何しろ勝負度胸があって、相手がどんな使い手でもためらわず剣をくりだすので、実力以上の結果が出るのだ。

左之助などは、かねて、

「あいつの剣は、ほんものじゃねえ。根っこのところは他の二流で、そこに天然理心流を接(つ)ぎ木してる。ひとたび調子がくるったら目もあてられねえ」

などと辛(から)い評価をしたけれども、そう言う左之助自身もまた接ぎ木の剣である。試衛館に入る前にもう種田流の槍術(そうじゅつ)をまなんでいたから、隊内のうわさは、

——似た者どうし。

だの、

——あのふたりが立ち合ったら、どっちが勝つかな。

そういう関係のふたりなのである。自然、意識し合う。そのかたわれの斎藤一が、いまは薄笑いを浮かべて、

「おやおや、原田さん。いいんですか？」

「何がだ」

「こんなところで、あぶらを売っていて。誘拐(かどわ)かされたご子息の捜査に専念するほうが」

「ばか」

左之助は、こぶしをふりあげた。

思いきり横っ面をぶん殴った。斎藤ではなく鉢四郎のそれをである。鉢四郎はこけしのように棒立ちのまま地に落ちた。あわてて立ちあがり、頰を手でおさえ、ほとんど涙目になって、

「なんで私を」

「よけいなこと言いやがって」

「ちがいますよ」

と粘りつくような口調でわりこんだのは、斎藤である。かたわらの平隊士と視線を交わして、

「拙者はね、寺の頓円さんから聞いたのですよ。奥さんが血相かえて来たそうじゃないか。夫冥利につきるなあ、みんな」

水を向けると、三番組の隊士が乾いた笑いで和した。それぱかりか左之助の部下であるはずの十番組の連中も、

「ははは」

かすかに同じたのである。さっき左之助と立ち合おうとしていた伍長・上浦金吾はひとまず笑うことをしなかったけれども、その目ははっきり斎藤のほうを向いていたので、斎藤の

となりに立っていた三番組の伍長のひとり、鞍田仲之進（くらたなかのしん）が、

「上浦さん、拙者とひとつ立ち合いますか」

飲みにでも誘うような口調である。上浦はちょっと身を引いて、

「よせよせ」

「勝ったら、菓子屋に化ける法をお教えしますよ」

「おっ」

上浦は一瞬、興味を示した。鞍田は隊内では、

——仲之進変化（へんげ）。

と呼ばれるほどに変装が得意で、おなじ商人に扮するのでも、米屋、魚屋、小間物屋から、両替屋のなかの丁銀（ちょうぎん）を専門にあつかう手代などといったような特殊な人間にいたるまで、ほんものの同業者もうっかり、

——このごろは、按配（あんばい）よろしおすか。

などと挨拶してしまうほど巧みに演じわける。一種の異能人だった。菓子屋など京には掃いて捨てるほどあるから、その変装法を教授されるのはなかなか重宝なのである。

上浦は、さすがに左之助をちらりと見て、

「いや、まあ、よしておこう」

「やりましょうよ」

「仲之進」

と斎藤が、みょうに勝ちほこったように胸をそらして、

「あまり無理強いするものではない。原田さんにご迷惑だ」

「そうでしたな」

「で、五対五はどうするね、上浦君」

と、鞍田はまだ話を引く。上浦も、

「どうしますかね」

そのやりとり、みょうになれなれしい。左之助はぺっと地につばを吐いて、

「勝手にやってろ」

言いすてると、唐門のほうへ行ってしまった。十番組はあとを追わない。鉢四郎ひとり追う。

左之助は、唐門の手前で立ちどまった。ふりかえると、目のふちがまっ赤である。

「あんながき、誰にでも殺されちまえ」

きびすを返し、市中の雑踏に身を溶かした。それを鉢四郎はなすところなく見おくると、

(どうしよう)

途方に暮れた。殺されちまえと言われても、いま茂の命のため身うごきが取れるのは自分しかいない。だいいち気がすまない。いくら何でも、

（見殺しには、できぬ）

どっちみち事件の話は、じき隊内にひろまるだろう。鉢四郎は体の向きを変え、ふたたび集会所のほうへ行った。

この建物は、事実上の司令塔である。さっきとは逆の、玄関のある側へまわる。玄関から上がり、中庭ぞいに廊下をつたう。

中庭は白砂が敷かれ、裁判用のお白洲になっている。奥には局長の部屋がある。

†

近藤勇は、部屋にいた。

文机に向かい、手紙か何かをしたためていたらしいが、鉢四郎がその背後へ正座すると、筆を置き、鉢四郎に正対するよう姿勢を変えて、

「どうした」

問うてくれた。

近藤の耳には、まだ届いていないらしい。鉢四郎は事件のあらましを話した上、

「下手人の捕縛に、ぜひお力を」

平伏した。これだけで近藤は、

——人員を、さいてくれ。

その意を理解するはずだった。人さえいれば捜査の手段はいくらでもあるのだ。さらいに来た男の顔の造作(つくり)をおまさに聞いて人相書(にんそうがき)をくばるもよし、近所の家で聞きこみをするもよし。あるいは、そいつが再度おまさの家にあらわれる可能性をかんがえると、門をこっそり見張るのもまた一策。こういう捜査活動には、新選組の隊士はみな慣れきっている。

近藤は、ふっと表情をやわらげて、

「よしよし、鉢四郎。わしも人の親じゃ。おぬしの心配はわかる」

「かたじけのうございます。では……」

「だめだ」

表情を変え、ぴしゃりと言った。腕組みをして、それだけで人が斬れそうな視線の匕首(あいくち)をつきつけて、

「それは私事である。新選組は天下の公器である。一兵たりとも動かさぬ」

「……」

鉢四郎は、口をつぐんだ。おまさには悪いが、

(やむを得ぬ)

そう思うようになっている。きっかけは先ほどの斎藤一、および三番組、十番組の連中の態度だった。

左之助への軽蔑じみた微妙な態度。あれはおそらく、左之助ひとりが、

――子を、なした。

しかも男児だった、そのことに由来するのだろう。なぜなら彼らはみな、あす死ぬかもしれない。

市中巡察のさいちゅうに浪士に斬られることは当然ながら、いまの幕府をとりまく政情をかんがえると長州との決戦は避けられず、ひょっとしたら長州との同盟がもはや公然の事実となっている薩摩藩とも砲火をまじえるかもしれず、その困難な戦争の最前線におくりこまれる可能性がある。

命が惜しくても、例の、

一、局を脱するを許さず

の鉄の隊規が彼らをしばる。進むも地獄、退(ひ)くも地獄。彼らにとって最高の贅沢はいい女を抱くことではない。うまい酒に酔うことでもない。未来を夢みるという俗世なら誰もが当たり前に、無料(ただ)でしている行為にほかならないのだ。

そんななか、左之助は世間なみの家庭をもった。

妻だけならまだしも、子供という未来そのものを所有した。あすの命も知れない点では他

の隊士と変わらないにしろ、いや、変わらないだけにかえって、

――子がいれば、未練が生じる。死地での決断がにぶる。

そんなふうに、彼らは左之助をかげで批判した。

つまりはそういう口実で羨望(せんぼう)しているのだろう。そうして近藤勇は、ひとり左之助のみの局長ではない。三百名をこえる隊士ひとりひとりの感情に心をくばらねばならぬ男神(おがみ)そのものの立場である。どうして彼らに、

――子供を、救(たす)けてやれ。

などと命じられようか。しかし鉢四郎は、近藤の顔をしっかりと見て、

「そこを、強いて」

ひざを寄せた。

お、という顔を近藤はした。これまでの鉢四郎ならばもう何も言えず、おたおた引き下がったところだが、鉢四郎も、もう新選組ぐらしが一年をすぎた。剣技はともかく心はやや強くなった自信があるし、この場合は何よりも、

(死なせない)

その決意が、大きかった。

新選組は、どこまでも人殺しの集団である。人殺しのために体力を使い、気力をついやし、腹をへらしている。自分はちがう。腹をいっぱいにするほうの人間なのだ。せめて自分だけ

は人殺しではなく、

（人生かしのため）

だから、赤んぼうは死なせない。近藤はかすかに舌打ちして、

「ならぬ」

「ですが……」

「もうよい、下がれ。鉢四郎」

顔をそらしたが、鉢四郎は、

「下手人がもし、わが隊の隊士だったら？」

「何？」

近藤は、ふたたび鉢四郎の顔を見た。鉢四郎は声を上ずらせて、

「というのも下手人は、私の仕事を知っています。私の名を名乗った上、ふだんの私より少しだけ早い朝に原田さんの家へ行ったのですから隊外の人間ではあり得ません。じつは」

じつは自分は、はじめ左之助が下手人だと思っていた。鉢四郎はそうつづけた。左之助はわが子を憎悪していたからだ。白刃でぴたぴた赤んぼうの小さな頬をたたいた光景は、鉢四郎自身、きのうの夕方、歴然とまのあたりにしているのである。おまさは浪人ふうの男にさらわれたと言っていたが、あれは正体が左之助だと知った上での嘘ではないか。

「ふむ、左之助が……」

近藤は眉をひそめたが、鉢四郎はかぶりをふり、

「いまは、ちがうと信じています」

「下手人ではないと？」

「ええ」

鉢四郎は、説明した。なぜなら左之助はさっき、斎藤一その他にさげすまれて逃げるように境内を去り、ひとり唐門から出てしまう前に、

――あんながき、誰にでも殺されちまえ。

と言い放った。

それほど憎悪がふかいのはたぶん、左之助自身、おのれに向けられる目の変化を察したせいにちがいないが、逆にいえば、もしも左之助が下手人だったら、あるいは下手人が誰かを知っていたら、

「そういうことは、言わないはずです。わざわざ自分を疑わせることになる」

鉢四郎は口を閉じ、肩で息をしはじめた。われながら緊張がはなはだしい。近藤は、

「だから下手人は、左之助以外の隊士だと」

「そう思います」

鉢四郎はうなずいたが、そのしぐさが、われながら一瞬、不自然だった。近藤は目を細めて、

「目星がついているのだな？」

試問のごとき問いかたである。鉢四郎はつられて、

「斎藤一さんです」

あやうく口に出すところだった。じつは内心、

（あり得る）

と、さっき境内でひらめいたのである。斎藤はかねてから左之助と「似た者どうし」と見られ、そのことを不本意に感じていた。

ほかの隊士に対しては気持ちのいい男なのに、こと相手が左之助となると、ふしぎに小才（こざい）をきかせたがる。そこで左之助の子をさらい、左之助がみにくく取り乱しでもすれば、

——隊士たちの心証は、俺にかたむく。

とでもふんだのだろう。むろん実行犯は斎藤自身ではない。組下の誰かに命じて浪人ふうの変装をさせ、左之助の家に行かせ、鉢四郎の名を名乗らせ、乳のみ子をさらわせたのだ。

そうして斎藤の組下には、

（鞍田さん）

通称、仲之進変化。

ほんものの同業者ですら「按配よろしおすか」などと挨拶してしまう変装の達人。鉢四郎はその何の特徴もない素顔を思い出して、いま、近藤の前でひえびえとした心持ちになって

いる。むろん鉢四郎ごとき一隊士というより一吏員が、隊幹部たる斎藤を、

「犯人です」

などと名指しするわけにはいかない。そんなことをすれば、下手をしたら首がとぶのはこっちなのだ。

近藤は、じっと鉢四郎の顔を見ている。

まるで心のなかへ遠めがねを差しこんで来るかのような、意味の多い視線だった。鉢四郎はつい顔をそらしてしまう。近藤はしばし考えて、

「よし、わかった」

「えっ」

「おぬしの言を容れる。人員をさこう。原田家における子捕り一件、新選組の公事とする」

「ありがたき、しあわせ！」

鉢四郎は平伏し、感激した。自分ごときの献策が、局長を、

(うごかした)

顔をあげ、目をかがやかせると、

「鉢四郎、ただちに伝令せよ。この件の捜索はおぬしの組にまかせる故、屹度下手人を召し捕れとな」

「はっ。どなたに？」

「三番組組頭、斎藤一」

「えっ」

意識が遠のいた。近藤はさらに、

「鉢四郎は、軍師よろしく力を貸してやれ。今夜は役を免じ、夕めしは坊主にこしらえさせる故」

にやりとした。あきらかに、

──知ってるぞ。

そんな顔である。ひょっとしたら近藤も、

（斎藤さんを、疑って）

鉢四郎はあたふたと立ちあがり、部屋を出た。この近藤の命令は、たかが嬰児ひとりを誘拐するよりも、はるかに大きな、

（悪事だ）

そのことに、足がふるえた。被害者ともっとも仲がわるい、あるいは犯人かもしれない男に捜査を命じる。

鉢四郎は、どうして新選組がわずか数年間でこうまで世を震撼させる集団になったのか、その秘密をかいま見たような気がした。試衛館以来の友ですら、近藤には、配置の妙をたのしむための将棋の駒にすぎないのだ。

†

その日、一日。

左之助は、屯所にもどらなかった。

おまさの待つ家にも帰らなかった。ひとり市中巡察の体で京のあちこちを徘徊したあげく、日も高いうちに先斗町にもぐりこんで安酒を飲み、飲みあきて河原町通を北上した。

陽は、落ちている。

河原町通を右に折れ、今出川通をやや行くと、鴨川にかかる加茂大橋に出る。そのまんなかで立ちどまれば、左之助は、東を向くことになる。

視界の奥には、相も変わらずのんべんだらりと空を劃する東山の山なみ。しかしここでは夜闇のなか、ほぼ正面の山の山腹にうっすらと巨きな、

大

の字の浮かぶのが月あかりで見える。

じつは、火床のつらなりである。毎年、盂蘭盆のころに点火して祖先の霊の道しるべとなし、あわせて悪霊退散の願いをも込める。左之助はその送り火を、昨年の夏、おまさとともに見たのだった。

　見た場所は、まさしくこの橋の上。おまさは身重の体をぎゅうぎゅう周囲の見物人に圧迫されつつ、それでも左右の黒い瞳のなかへ飴色に燃える大の字をうつしこんで、

「きれいやなあ。うち、京に生まれて、ほんまによかった」

などと声をはずませた。手には、たしか赤い金魚の絵の入った竹の団扇(うちわ)をもっていたか。左之助は、小指で鼻をほじりながら、

「何だ、ただの焚火じゃねえか」

　と大声で言って、おまさに、

「あかん」

　ぴしゃりと手をやられたものだった。そんな他愛もないことを、なぜいま、

(思い出すか)

　左之助は、わが女々しさに舌打ちして、

「ちくしょう」

　この日もう百回はくりかえしたと思われる文句だった。まわりには人の姿はなく、正面の山の大の字はうっすらと闇に浮かぶだけ。

「ちくしょう」

　また言って、ふたたび東をさして足をふみだしたとき、背後から、

「原田さん」

左之助は足をとめ、ふりかえって、

「誰だ？」

「斎藤です」

見なれた四つ年下の男が、かすかに橋板(はしいた)をきしませつつ歩いてくる。

背景は、薄墨で描いたような洛中の甍(いらか)の大波小波。みょうに軽やかな口ぶりで、

「さがしましたよ、原田さん。ひとりで屯所をぬけだして、こんなところで何してたんです？　あんたは本当はあれが好きなんだって鉢四郎に聞かなかったら、私など、こんな場所は思いもよらなかったな」

手をかざし、左之助のはるか後方をゆびさした。首をそっちへ向けずとも、左之助は、それが大文字山(だいもんじやま)を意味することを理解している。

恥部を素手でつかまれた気がした。斎藤をじっと見つめたまま、

「何の用だ」

「あんたを、召し捕りに」

「何？」

「局長の命により、拙者、けさがた原田家において発生した誘拐事件の探索にたずさわっております。本日一日(いちじつ)の探索の上、判明したのは……下手人はあんただ」

「ちょっと待て」

左之助は右手をつきだし、いそがしく目をしばたたいて、

「局長の命だと？　若先生がたかだか子供ひとり見つけるのに三番組を出張らせたってのか？」

「全員はむりです。ほかの仕事が山積みですから。私および組下の鮎岡義三郎とあわせて二名で」

「鮎岡……あのじじいか。いまどこにいる？」

斎藤は、こたえない。左之助はさらに、

「鞍田仲之進はどうした」

「なぜ聞くのです」

「あとでわかる」

これには斎藤は、大げさにため息をついてみせて、

「土方さんに取られちまいました。べつの件で使いたいそうで。やっぱり変装の達人は人気がある」

「下手人は、俺じゃねえぜ」

「私には、あんたしか思いつかないんですがね、原田さん」

「なぜ？」

「前々から子供をうとんじる言動が多かった、刀でぴたぴた頰をたたいたと」

「鉢四郎が？」

「ええ」

「……あいつ、殺す」

「屯所まで、ご同行ねがえませんか」

と斎藤が言うのへ、左之助はへっと片頰で笑って、

「貴様じゃねえのか」

「何がです」

「下手人が」

「私？」

斎藤は、目をまるくした。さも意外だというふうに自分のひたいを指さしてみせる。左之助はうなずいて、

「ああ、そうさ。貴様はもともと俺に対しては腹に一物も二物もあるし、そこへ茂が生まれたからな。ひっさらって俺が狼狽でもすりゃあ、富士のお山に恥の親ばか。評判が地に落ちる。貴様の思うつぼだ」

「まさか。家に来たのは浪人なのでしょう？」

「組下には、鞍田仲之進がいる。貴様の命なら何でも聞く」

「なるほど」

斎藤は唇をすぼめ、木枯らしのような音を鳴らして、

「武士(もののふ)に、無実の罪を着せましたな」

「どの口が言う」

「冤(えん)を雪(すす)ぐには……」

「これだろ」

左之助は、すらりと蠟色の鞘を払った。

例の興友、九寸七分の業物(わざもの)である。斎藤もその自慢の差料(さしりょう)である鬼神丸国重(きじんまるくにしげ)をきらりと抜き、

「のぞむところ」

互の目(ぐめ)みだれの刃文(はもん)があざやかに左之助の目に入った。左之助はにわかに血の沸くのをおぼえて、

「うれしいね。前から貴様は気に入らなかった。公然と斬れる」

「その感情(こころ)、あんただけじゃない」

斎藤は金壺まなこを光らせる。砂鉢(すなばち)の底のありじごく、、、を思わせる白いきらめきである。

双方、青眼(せいがん)。

橋には欄干がない。かすかに触れる刃先と刃先に、月あかりが、思うさま金粉をまぶしている。

†

この組頭どうしの立ち合いを、西側、つまり洛中の側の橋詰から、

(原田さん)

胸を高鳴らせつつ、鉢四郎が見まもっている。

この橋詰はいわゆる京の七口のひとつ、大原口(おおはら)にあたり、南北方向に、

――お土居(どい)。

と呼ばれる土手がつらなっている。

洛中と洛外をわかつ壁のような存在だが、むろん橋に通じる道の部分は切りとられ、いわば切通し(きりどおし)になっているので、鉢四郎は、その北のきわから顔だけを出しているのである。われとわが身をおどらせて、

「ふたりとも、およしなさい」

と白刃のあいだに割って入る勇気はもとよりない。そんなことして斬られたら、痛いではないか。われながら、

(いつも、こうだな)

泣きたくなることこの上ないが、今回の場合はさらに、

(原田さん、きっと怒ってるなあ)

その心配が先に立つ。きれぎれに聞こえる会話（はなし）によれば、斎藤はどうやら、迷惑なことに、

――それは、鉢四郎が。

というような文句をくりかえしているようだった。

なるほど、鉢四郎は斎藤にいろいろあかした。それは事実だ。原田さんはじつは大文字の送り火が好きなんですとか、これまで子供をうとんじるいっぽうでしたとか……しかしそれはあくまでも原田を一刻もはやく見つけ出し、そのことで無実を証明したいという真率（しんそつ）な心持ちからにほかならず、左之助の体面を傷つけたり、斎藤の歓心を買ったりの意図はまったくない。そのことを、左之助は、

「……わかってくれるかな」

つぶやいたとき、橋の上で、

ちゃり

という小銭を落としたような音がした。

ついに始まってしまったのだ。それは刀と刀がぶつかりあい、火花を散らした音だった。一瞬の間（ま）に、ふたりは体ごと位置が入れかわっている。はげしい動きの時間になった。

斎藤は、何しろ勝負度胸がある。どんどんふみこんで胴を打ちに行く。ほかへは行かない。それが聖徳太子流というやつなのか、ときおり、

——ぎょおっ。

などという、のどをつぶした椋鳥（むくどり）みたいな叫びを発している。むろんふたりは、これまで稽古用の竹刀なら何度もまじえているはずだけれども、やはり真剣はちがうのだろう。左之助はどこか窮屈そうに受け、受けつつ下がるいっぽうだった。

その背中が、みるみる鉢四郎のいる橋詰へちかづいてきた。がしかし、橋板がぬれていたのか、斎藤がわずかに足どりを乱すと、こんどは、

——おいよっ。

左之助が、突きに転じた。

こちらの太刀筋も、くせが強い。たぶん斎藤以上だろう。もともと刀そのものが反りが浅い上、腰を落として突き、突きと出まくるから剣術というより槍術である。こんどは斎藤が下がる番だった。ふたりとも橋のむこうへ行ってしまうと、しばらくしてまた斎藤がこちらへ押し返してきた。

何だかんだで、息が合っている。似た者どうしとしか言いようがなかった。はた目には滑稽ですらあるが、しかしこういう闘いこそ意地が意地を呼び、かえって一方が、

（死ぬまで、已（や）まぬ）

それくらいは、鉢四郎もわかる。もはや唯一ののぞみは、

（鮎岡さん）

きょう一日、斎藤組頭とともに誘拐事件の探索をした三番組の隊士。あだ名はじいい。そのじいいはここへ来る途中でわかれ、ひとり屯所へ向かったのである。

万が一、左之助と斎藤が斬り合いになったときのため、

――局長の、禁止の沙汰をとどけてもらいましょう。

鉢四郎がそう主張したのである。斎藤は案外、

「そうだな」

と、反対しなかった。まさか斬り合いにはならぬと思ったのか。あるいは逆に、

――斬り合いになれば、そんな沙汰など意味がない。

と覚悟をきめていたのか。後者なら救いはないわけだが、それでも鉢四郎は、

（はやく。鮎岡さん、はやく）

焦れるほか、何のなし得るところもなかった。

闘いは、なおつづいている。

ふたりは何度か橋を往復したのち、鉢四郎のちかく、手をのばせば触れられそうな場所へ来たところで、

「あっ」

斎藤が、頬をゆがめた。

苦悶の表情だった。手前に左之助の背中があり、両腕が前へのびている。その何十度目か

の突きがとうとう斎藤の袴の外腿を切り裂いたのだ。

袴のそこに漆黒の円がたちまちひろがり、魚屋の棚のような生なにおいが立つ。斎藤はトントンともう片方の足でうしろへ飛びしさったが、左之助はのがさない。間合いをつめて、

「死ねっ」

その剣は、ふかぶかと斎藤の胸をつらぬいた。

左之助の背中がやや左へかたむいているので、その右奥、こちらを向いている斎藤の体がはっきりと見える。こちらから見て右の胸には鍔がくいこむほどだった。

しかし同時に、

「あっ」

鉢四郎は、腰がぬけた。

左之助の左の背中からも、こちらへ切っ先がとび出ている。夜目にもあらわな互の目みだれの刃文は、ほかでもない、斎藤の鬼神丸だった。

(何も、そこまで)

股間がふいに温くなった。何もそこまで似なくてもいいではないか。ふたりの剣士はあり得るかぎり完璧に刺しちがえたまま、石像のごとく微動もしない。

さけびも出さぬ。衣ずれの音も立てぬ。夜闇を無が支配したそのとき、背後から、

「おーい！」

若々しい声がした。鉢四郎は立とうとしたが、二本の脚がまるで柳の枝のようで、力が入らない。尻もちをついたまま首だけねじると、街のほうから、月光のしずくも撥ねよとばかり肌つやのいい少年がほとんど宙に浮きつつ駆けて来る。鉢四郎は頭上でぶんぶん両手をふって、

「ここですよ、ここです、鮎岡さん！」

鮎岡義三郎は、鉢四郎の前で急停止した。まだ十九歳である。じじいというあだ名はこの数日前、たった一本、鬢のところに白いものがあらわれたことによるが、ぷつりと抜いたあとは二度と出ない。それでも愛称はのこってしまったあたり、名実不一致の被害者ではある。

鉢四郎は、

「局長の命ですね？」

ほとんどしがみついたけれども、鮎岡はきょとんとして、

「局長？」

「だって、あんた、そのために……」

「ああ」

鮎岡は唇をまるめ、ぽんと手を打つ。なまくらなことこの上ない。鉢四郎は顔をしかめて、

「おいおい、しっかりして……」

「もういいのです」

とじいは言うと、橋のほうへ駆けだして、

「斎藤さん、原田さん。おふたりとも、おやめください」

「うるせえ！」

「うるせえ！」

似た者どうしが、同時に返事した。

と思うと、ひじでおたがいを突きとばし合った。体がはなれ、双方、かまえを取りなおす。

動きが速い。どうやら胸をつらぬき合ったと見たのは胸ではなく、

（脇か）

鉢四郎は、安堵した。

ふたりとも相手の刃を左の脇の下へ通したのだ。しかしふたたび間合いをつめたので、鮎岡が、

「下手人が、つかまりました！」

「え」

ふたりが同時に足をとめ、じじいを見た。

鉢四郎も見た。じじいは万歳せんばかりの口調で、

「茂さんはご無事です。すでにおまささんの待つ家へお帰りになり、元気にお乳を飲んでおられるよし」

月は、いつしか中天に達している。

鉢四郎はようやく立ちあがり、橋の上に出た。なぜか、ふたりを正視できなかった。目をそらせば鴨川が奥へのび、山々がつばさを横にひろげている。北を見ているのだろう。やはり中腹に、

妙

法

とそれぞれ大きく描いた山があるのは、盂蘭盆のとき点火されたら、

(さだめし、きれいな)

まだ送り火を見たことのない鉢四郎はそう思い、まずは屯所に帰ろうと思った。

†

四人は、ただちに屯所へもどった。西本願寺の唐門をくぐり、竹矢来の門をぬけ、左手の奥、信徒用の集会所だった建物へ入った。

例の、事実上の司令塔である。相変わらず中庭はきれいに白砂が敷かれているが、いまはそのまんなかに男がひとり据えられていた。あぐらをかくような姿勢のまま微動だにしないのは、両手両足が腹の前にあつめられ、まとめて麻縄でしばられているせいだろう。

かたわらには、副長・土方歳三が立っている。左之助が来たのをみとめると、そいつの肩をぽんと蹴って、

「下手人だよ」

「あんたか」

左之助は、目をむいた。鉢四郎も、

(まさか)

何度もまばたきした。そいつは黒い作務衣に輪袈裟をかけ、頭髪(あたま)をあおあおと剃りあげている。

「頓円さん」

呼びかけたが、返事はなし。猿ぐつわを嚙ませられているせいもあるが、そもそも口をききたくないのだ。

お香のかおりが、あいかわらず高い。土方はまた頓円の肩を蹴って、

「西本願寺の僧とは仮の姿だ。じつは長州の手の者だったよ」

「えっ」

おどろく鉢四郎たちへ、淡々と説明した。本名は深栖庸三(ふかすようぞう)、れっきとした二十石どりの萩(はぎ)藩士、毛利(もうり)家の家来である。

あの蛤御門の変でやぶれたのち、いったんは京を落ちて丹波篠山(ささやま)の農家にひそんだが、国

もとへは帰らず、どころか京へ再潜入して、西本願寺に助力を乞うた。

――同志のために、京の消息を知らせたい。

ということだったと思われる。西本願寺は、この申し出を受け入れた。髪を剃り、法衣(ほうえ)をあたえ、頓円という法名(ほうみょう)まであたえて匿(かくま)うことを決めたのは、あるいは第二十世宗主・大僧正広如(こうにょ)その人かもしれない。とにかく頓円はおもてむき仏僧として日夜勤行(ごんぎょう)にいそしみつつ、実際はしかし京のもろもろの情報を国もとへ送る細作(さいさく)となったのである。ほどなく寺には新選組が入居したから、これ幸いとばかり、

「われらの動向をも、浪士へひそかに報じたわけさ」

新選組も、ばかではない。

――情報が、洩れている。

その感触があった。巡察中の隊士が待ち伏せされて斬殺されたり、隠れ家とおぼしき場所へふみこんでももぬけの殻だったりということが幾度かつづいたのは、細作の存在なしにはあり得ないのである。どこにいるのか。

――寺か。

と最初に疑念を抱いたのは、剣の腕は未熟ながら、こういうことには地震の前の鯰(なまず)なみに敏感な土方歳三である。かねてから、

――いずれ、こっちも細作を入れてやる。

と企てていたところ、たまたまこの日、斎藤一が嬰児誘拐事件の捜査にあたることになった。組下の鞍田仲之進が体があいたので、土方は、

「ちょっと借りるぞ。坊主に化けてみろ」

何しろ仲之進変化である。もう百年も前から修行しているような僧くさい僧になり、胸をはって御影堂に入って行った。御影堂というのは要するに本堂で、なまじっかな大名の御殿など足もとにもおよばぬ規模をほこるが、さすがに西本願寺というより全国にひろがる浄土真宗（本願寺派）そのものの中枢なので、これまで新選組も、

――ここのみは、立ち入りを遠慮されたい。

きつく言いわたされ、手が出せなかったのである。

もっとも、仲之進は、べつに成算があったわけではない。まずは下調べという程度のつもりで屋内のあちこちを見ていたところ、となりの準本堂というべき阿弥陀堂と渡り廊下でつながっている、その廊下の枝わかれした先にささやかな蔵があった。

蔵そのものは独立した建物のようだが、その扉は、廊下に面してしつらえられている。法具を出し入れするのだろう。と、その扉の向こうで、くぐもり声が、

よーん

よーん

（猫か）

と、仲之進ははじめ軽んじたという。がしかし声は絶えることがなく、いまはさかりの時期でもない。思いきって扉をあけてみたら、声がにわかに大きくなった。

ぐるりと棚がある。香炉だの、華瓶だの、木魚だのがあまり整然とではなく置かれていて、そのひとつが青銅のお鈴だったのだが、そのお鈴は、よほど大切な法要のときに使うのだろう、ひとかかえほども大きさがあった。

なかには、汗まみれの赤んぼうが入っていた。泣き声には、よーん、よーんという金属製の重い反響がからみついている。その横には、ふたりの僧がいた。

ひとりは見知らぬ男だが、もうひとりは頓円だった。顔なじみであり至近距離である。さすがに仲之進の変装もわかってしまう。

「あっ」

ふたりは仲之進をつきとばし、蔵を出た。あわてて追いかけて屋外に出たところで、大声で、

「新選組、出合え、出合え！」

たちまち屯所から十数名の隊士が出て来て、諸門をふさぎ、ふたりをかこんで縄を打った。

「そういうわけだ」

と土方が話をしめくくり、わずかな吐息とともに、

「だから俺は、屯所の移転には反対したのだ」

とつぶやくと、鉢四郎は、

「そ、それじゃあ」

おどおどと頓円を見おろした。頓円はあぐらをかいた姿勢のまま、首を上に向け、鉢四郎をにらみ返している。人相そのものが変わって見えるほど目がつりあがっている。

「それじゃあ、けさ原田さんの家へ行って、私の名を名乗り、おまささんに当て身をくらわせて茂さんを奪ったのも……」

「それは頓円ではない。もうひとりのほうだ」

「いま、どこに？」

「拷問場。なかなか手こずらせたが、ぜんぶ吐いたよ。もう死ぬだろう」

と、土方は、蟋蟀か何かが死ぬように言う。鉢四郎はなお疑念がやまなかった。そもそも長州の藩士がなぜ赤んぼうを誘拐しなければならないのか。

（おそらく）

と、鉢四郎は、ひとり想像してみる。彼らは内紛をもくろんでいたのではないか。左之助と斎藤のかねての仲のわるさに目をつけ、その傷をいっそう押しひろげるため事件を起こした。最初におまさが屯所へのりこんで来たとき、頓円がすべてを知っていながら善人面して、

――あきまへんよ。

とか何とか言って彼女をおちつかせたのは、疑いを自分へ向けないための一種のめくらま

しだったのだろう。現にその後、斎藤がはじめて誘拐の件を知ったのも、

(頓円に、知らされたと)

そうして新選組が結束を欠けば、そのぶん彼ら自身はもとより、市中の浪士もいろいろと運動がしやすくなる。討幕への手が進む。彼らはいわば、少なくとも心意気においては、天下国家のために家庭の一嬰児を誘拐したのだ。

「そんなことより、鉢四郎」

土方は、きゅうに鼻にしわを寄せた。鉢四郎をあたかも罪人のような目で見て、

「洩らしたな」

「えっ」

鉢四郎は、血の気が引いた。この酷薄非情の副長に、

(猜疑されている)

この場で斬られる。あわてて顔の前で手をふって、

「そんなことしてません。絶対にしてません。頓円さんとは単なる知人(なじみ)で、新選組の情報を漏洩するなど……」

「ちがう、ちがう」

「え？」

「そっちだ」

土方は鉢四郎の股間を指さし、鼻のしわを深くした。鉢四郎はうつむき、おのが下帯をのぞきこんだ。ぬれて重い。

「おおかた斎藤と左之助の立ち合いでも見て、腰をぬかしたのだろう。懦夫め」

「すみません」

「湯屋に行け。よくよく体をあらえ」

「は、はい」

「行け」

あたふたと寺を出て、ちかくの湯屋へ行った。服をぬいで裸になり、湯ぶねで湯をくんで流し場へ行き、壁ぎわに尻を落とす。

(きのうは、茂さんを湯浴みさせて)

などとぼんやり思いつつ、ひとりで股間をあらっていると、となりに筋骨たくましい男が来て、

「失礼」

「あ」

その男は、斎藤一だった。

三助に背中をこすらせている。鉢四郎はおのずから視線が下がった。

外腿に、赤い線がある。

左之助に斬られた傷だった。或る意味、金物の味を知ったことになるが、これはどうやら軽傷らしい。湯がしみても顔色が変わらない。

「大事ないのですね」

「ふん」

「左之助さんは、どこへ」

「知らん」

「左之助さんと、仲直りしませんか」

勇気を出して言ってみた。

斎藤も、あるいはわきまえているのだろう。今回はふたりの不和が長州者につけ入られた。原因の一端は斎藤にもある。新選組のため、天下のために、ふたりは手をむすばねばならない。

が、斎藤はただ、

「ふん」

三助に湯をながさせ、立ちあがると、柘榴口をくぐって湯ぶねのほうへ行ってしまった。

鉢四郎はため息をついて、こんどは両手をあらいはじめた。あすの弁当が臭ったら、それこそ土方にまっぷたつにされるだろう。

解隊

原田左之助の長男・茂の誘拐事件が解決した翌日。局長・近藤勇が、

——幹部隊士、全員集合。

の命をくだした。

どういうわけか、鉢四郎へも伝令が来た。鉢四郎はたまたま境内の掃き掃除をしていた。新選組の屯所はいま西本願寺の一部を間借りしている、というより半強制的に占拠しているのだが、境内はところどころに柳や桜の木が植えられていて、その散り花が風にのり、竹矢来で仕切られた屯所部分へも降りこんで地をはらはらと黄色や薄紅色にそめることしきりだったのである。

鉢四郎は、竹ぼうきの手をとめて、

「私が？」

目をぱちぱちさせた。ただの賄方である。平隊士よりも幹部から遠いではないか。

伝令役は、中村小次郎。このごろ入隊したばかりの二十そこその男だが、首をかしげて、

「俺も、わからん。とにかく来いと」

まるで鉢四郎のほうが目下のような言いぶりである。鉢四郎はその場へ竹ぼうきを放り出

し、北のほうの、司令塔というべき建物へ向かった。

かつては信徒用の集会所だった建物である。草履をぬいで玄関をあがり、中庭の横の廊下をぬけ、音を立てぬよう襖をひらく。近藤の部屋である。奥には近藤がこちらを向いて座していて、その左には副長・土方歳三、右には参謀・伊東甲子太郎。

その手前に、十一人が正座していた。一番組から十番組までの組頭にくわえ、諜報部長というべき監察方・山崎烝の背中も見える。ここまで仰々しく会議をするのは、ひょっとしたら、新選組はじまって以来なのではないか。

「……遅参しました」

そそくさと言うと、鉢四郎は、いちばんうしろに正座した。

襖はあけたまま。足が廊下へはみ出している。近藤がちらりと土方のほうへ目くばせをした。土方はうなずき、ゆったりと腕を組みながら、

「全員そろったな。それでは話をはじめよう。屯所をうつす」

いつものとおり、まず結論を言いきった。誰かから、

「屯所を、うつす？」

などと疑問の声があがる前に、ものの散らかった部屋をかたづけるような歯ぎれのいい口調で、

「この寺に来て、まだ一年しか経っていない。それ以前にも壬生村には二年ほどしかいなか

った。尻のあたたまらぬこと甚だしく、諸君には迷惑をかけるが、どうか諒としてくれ。この陣変えに関しては、原田君、君にふたたび担当してもらおうと思う」

最前列、鉢四郎から見て右はしの左之助のほうへ体を向けた。左之助はきちんと正座していたが、口調は伝法に、

「また俺かい。そりゃあ歳さんの考えかな」

「局長の命だ」

「そんなら、いやとは言わねえが。ひっこし先はどこだ。もう目星はついてるのか」

「つけるところから、はたらいてもらう」

「おのぞみの土地柄は？」

土方は手を袖に入れ、すらすらと、

「洛中、または洛中より遠からぬ郊外。ひろさは……いまの倍、いや三倍はほしいな。陣屋、道場、牢屋、できれば櫓も設けたいし、屋外では調練も毎日やりたい。そうなるとやはり、洛中は無理か」

「毎日、調練？」

その場が、にわかにざわついた。

鉢四郎以外が、みな誰かとささやきを交わしはじめた。調練とはこの場合、洋式陸軍の調練をいう。全隊士が歩兵、銃兵、砲兵にわかれ、ぴたりと整列し、司令官の号令のもと規律

ただしい戦闘行動をとることの稽古。もちろん銃は実弾をもちいるし、砲兵もほんものの臼砲をつかう。

いまは四と九のつく日にしか実施しておらず、欠席もまあ自由だから、まずは実験ないしお遊びの域を出ない。六番組組頭・井上源三郎が立ちあがり、あらっぽい口ぶりで、

「おいおい、歳さん」

「何です」

「俺たちは剣客だ。ひとりひとりに意気地(いきじ)がある。いまさら軍隊なんざやれるかってんだ。ましてや飛び道具の稽古までしろとは……われらが天然理心流先々代の偉業を、まさか歳さん、わすれちゃあいねえだろう？」

先々代ということは、現宗家・近藤勇は四代目だから第二代・近藤三助(さんすけ)の逸話である。五、六十年前のことだろう。三助はもちろん剣の達人だったけれども、その弟は近隣で、

――飛ぶ蠅も落とす。

と言われるほどの鉄砲の名手だった。

兄弟仲は、あまりよくなかったのだろう。或る日、それぞれの得物(えもの)で立ち合うこととなり、十間（約十八メートル）はなれて対峙した。

三助は、真剣。

弟は、実弾をこめた火縄銃である。むろん剣がとどく距離ではなく、鉄砲のほうも、一発

で命中させるにはよほどの腕が必要だろうと思われた。そうして命中させられなければ、二発目の弾をこめるのは気だるいほどの時間がかかる。首がとぶのは弟のほうなのである。

弟は、火縄に火をつけた。じりじりじりと音が立つ。火ぶたを切り、片ひざをつき、銃口につけた照星ごしにねらいをさだめる。引き金を引けばたちまち轟然たる音とともに鉛の玉がすっとんで行くだろう。三助はしかし剣を青眼にかまえたまま、足をふみだすことをしない。

肩も、手も、ぴくりともしない。ただ一声、

「きいやーあっ」

雉の鳴くような気合いをかけた。その瞬間、弟のほうが、銃身をにぎりしめたまま体がふるえだしたのである。

ひたいには、白布のようなあぶら汗。きゅうに棒立ちになり、火縄の火を指でつぶして、

「まいり申した」

一礼した。

銃を杖にして場をしりぞいた。審判役の郷士が呼びとめて、

「一発も撃たぬに、なぜ」

と問うと、弟はふりかえり、立ち枯れた木のごとき声でこう言ったという。

「気合いとともに、兄の姿が消えたのです。そうして剣だけが浮かんで見えた。これでは撃

っても当たらぬと思ったらもうだめでした。あるじのない剣がいつ来るか、いつ来るかと思うと頭の奥がしびれてしまった」

天然理心流とはつまり、

——そういう流派だろう。

と、井上源三郎は言いたいのにちがいなかった。精神の力でどんな相手にも勝つ。ひとりで勝つ。土方は、

「気持ちはわかるが」

と引いたけれども、こんどは井上のとなりの八番組組頭・藤堂平助がすっくと立って、

「井上さんの申されるとおりだ。私の目録は北辰一刀流、流派はちがうが信念はひとつ。勇者は群れて行動せぬ。衆をたのんで戦うなど、小者足軽のしわざである」

うなずく者が、ほかにも三、四人。小者足軽よりもなお勇気に欠ける鉢四郎ですら、このときは、

(井上さんや藤堂さんの言うとおりだ。そもそも洋式調練が、浪士とりしまりの何の役に立つ)

そう感じたほどだったのである。

土方は、分がわるい。

よほど窮したと思ったのか、ふだんは理づめにものを言うこの男にはめずらしく、にわか

に腕組みをとき、腰を浮かし、

「しのごの言うな。これは隊の方針である」

一喝したのを、近藤勇が、

「歳さん」

横へ腕をのばして制止した。

この日はじめての発言である。もっともその表情は、土方よりもさらに激しかった。火を噴きそうな目で全員を見まわし、手にした鉄扇をたたみに突き立てて、

「屯所は、うつす。陸軍の稽古も毎日やる。屹度のみこんでもらいたい。もはや時勢はちまちま市中を巡邏して浪士をひとりずつ刈り取ったところでどうにもならぬところへ来ているのだ。われわれは一日もはやく組であることをやめ、軍にならなければならぬ。さもなくば、この世から消える」

「新選組が？」

井上が問うと、近藤は首をふり、

「ご公儀が」

ご公儀とは、徳川幕府のことである。話があまりにも予想外だったのだろう、全員、しんとしてしまった。近藤は声をおしころして、

「知ってのとおり、わしはこの半年のあいだ、二へん広島へ行った。ひどいものだった」

鉢四郎は、息をのんで聞き入っている。

†

半年前、つまり慶応元年（一八六五）十一月。近藤勇が伊東甲子太郎、武田観柳斎、尾形俊太郎らをつれて安芸国広島城下へはじめて入ったのは、おもてむき、西国事情の視察のためである。

実際は、長州処分のためだった。このころ徳川幕府による長州追及はいよいよ正念場をむかえていた。もともと長州藩は蛤御門の敗戦後、幕府に恭順の意を示していたのだが、その後、高杉晋作らの内乱が起きて藩論が変わり、

──武備恭順。

という矛盾した看板をかかげるようになった。

要するに、対決に転じたのである。幕府はむろん見すごせない。藩主父子へ大坂に出頭するよう命じたものの、藩主父子はこれを拒否。いよいよ旗幟は鮮明になる。

もはや決着は、再度の戦争でつけるしかないだろう。将軍・徳川家茂は上洛の上、参内し、長州征伐の勅許を得た。ただちに攻め入りたいところだが、しかしその前にまず天下に向け、最後通牒の儀式のようなものをおこなった。訊問使として大目付・永井尚志、および目

付・戸川鉡三郎ほかを派遣したのである。

派遣先は、広島。

近藤たちは、いわば訊問使の随行員という格だったわけだ。もっとも近藤は、訊問そのものに対しては最初から何の興味も期待もなかった。どのみち儀式である。長州はおそらく人だけは広島へよこすだろうが、会談は不毛に終わるだろう。大の大人が、罪をみとめよ、みとめぬの水かけ論。そのあとは確実に、

(戦端が、ひらかれる)

それが近藤の確信だった。そうなれば近藤の行動はひとつ。幕閣へ、

——われら新選組にも、出陣をゆるされたし。

そう直訴するつもりだった。

出陣しない、という選択はあり得なかった。新選組がしょせん剣士という優秀な個人のあつまりにすぎず、機械的編制と組織的行動とを旨とするいわゆる軍隊でないことは心得ていたけれども、そのいっぽう、そもそものはじめに思いを致すなら、武蔵国の一道場主にすぎなかった近藤が浪士組（のちの新選組）に参加しようと決心したのは京の治安をまもるためではない。

風雲のこころざしを立てたのである。近藤は、仲間もそうだが、天下をうごかしたかったのだ。となれば長州征伐への参戦は、まさしく初一念に立ち返るわざにほかならない。青史

に名をのこす絶好の機会がおとずれたのである。

訊問は広島城下、曹洞宗国泰寺でおこなわれた。

これがまた絶妙の場所だった。開祖が関ヶ原合戦で西軍に味方した僧・恵瓊だという点において反徳川であり、そののちは東軍についた現藩主家・浅野家累代の墓をまもっているという点において親徳川であるような両にらみの寺。その本堂の一室で、訊問使・永井尚志は、堂々八か条の訊問をおこなった。

そのいちいちに、長州藩代表・宍戸備前はこたえた。もちろん近藤は列席をゆるされず、あとで永井に聞いたのだが、問題はその後である。訊問が終わるや、永井はふところから書面をとりだし、宍戸にさしだして、

「申しわたしたい儀がある」

「何でしょう」

「この者どもは、もと京師の新選組隊士である。いまは私の家来であるが、そのほうの国元へさしつかわすので、しかるべく取り計らうように」

宍戸が書面をひろげると、そこには簡潔な紹介文とともに、

給人　近藤内蔵助

近習　武田観柳斎

中小姓　伊東甲子太郎
徒士　尾形俊太郎

の四つの名が記されている。近藤内蔵助とはもちろん要人めかしくこしらえた近藤勇の偽名である。

宍戸備前は、三十八歳。

藩主一門の家に生まれ、家老をつとめ、これまでにも対外的な折衝の経験がたくさんあるという情報だった。もっとも、最近の長州ならば別人を立てて来ることもあり得るが、永井にはそれを見わけるすべはない。とにかく宍戸は、じっと書面に目を落としたまま、どういう色つやもない口調で、

「ただいまのご訊問への応答が、よほど不調法でしたかな」

「そういうわけではない。ただこの四名をさしつかわし、貴藩の人士といろいろ談話がしたいだけである。天下にはびこる貴藩への疑惑は、それで解かれるであろう」

「おことわり申す」

宍戸は顔をあげ、きっぱりと言った。

ゆっくりと書面をたたみはじめる。永井はそれに気づかぬふりをして、

「なぜ拒否するか。よほど不都合なことがあるのか」

「そういうわけではありません。ご趣意はご尤もに存じますが、そういう者に来られては、疑惑はかえって増すでしょう」

「なぜか」

「そちら（幕府方）が天下に号令し、わが藩境の攻め口に兵をあつめつつあることは聞こえております。わが藩士たちは必死の覚悟をせざるを得ない。撤兵などの具体的なご去就のないかぎり、私のような同藩の人間ですらも彼らを口舌で説得するのはむつかしいでしょう。よその国の人ではなおむつかしく、ましてやこういう連中では」

宍戸は、たたんだ書面をつきだした。外交交渉の場にしては、いささか邪険な手つきだった。

「ふむ」

永井は、愚昧な男ではない。

むしろ逆である。三河国奥殿藩主・松平乗尹の庶子に生まれ、大身の旗本・永井尚徳の養子となり、しかしそんな血のよさに甘えることなく勉学にいそしんで昌平黌という幕府の最高学府に合格した。

幕臣きっての洋学派となり、頭角をあらわし、勘定奉行、外国奉行などを歴任したあげく大目付になったという聡明怜悧の能吏だから、このときも敏感に、

（たぬきめ）

宍戸の意図が、手にとるようにわかったという。

宍戸はわざと「疑惑」という語の意味をすりかえたのだ。永井の言うのは長州に対する幕府のそれだったのに、宍戸はむしろ、幕府に対する自藩士のそれの強さをうったえている。すべては永井の要求をはぐらかすため。剣でいうなら立ち合いそのものを避けている。

「そういう懸念は無用に……」

と永井がきりだそうとしたら、宍戸はふたたび、きっぱりと、

「ご家来の入国、受け入れられませぬ」

この日の談判は、これで終わった。

永井は宿舎へもどった。宿舎では、近藤たちが待っている。近藤はひとり、永井の晩めしの席へふみこんで行って、右の顚末を聞き、

「長州め、やはり油断なりませぬな。さてさて、どのように潜入したものか」

沈思しはじめたものだから、永井はおどろいて、

「あきらめぬのか」

晩めしの箸を投げ出し、しかし脇息にもたれこんだ。よほど疲労したのだろう。近藤はひざをすすめて、

「何をお気のよわいことを。ここからが勝負ではありませんか。われわれは何としても藩内の様子をつぶさに見たい、いや、見なければならない」

見れば戦争はよほど有利になるのである。萩の城下にいたる街道はどれとどれか。それには脇道や杣道があるか。まわりに川や台地があるか。もしも城下の最新の絵図まで手に入ったら上首尾であろう。ほかにも民心のありよう、稲の作柄、軍艦の有無もしらべたいなどとつづける近藤を手で制して、永井は、

「もうよいであろう。訊問の礼は得た。われわれの目的は果たされたのだ」

「礼は礼にすぎませぬ。実がなければ」

「あやつらも、さだめし胸に去来するものが多いのであろうよ。蛤御門での変はもとより、池田屋その他、京の市中でおおぜい仲間を殺されている。そなたらの入国はあり得ぬ」

と、永井の口吻は、まるで新選組のほうが悪いかのようである。近藤は、

(秀才め)

胸のなかで舌打ちした。学ある者はこれだからだめなのだ。ねばりがない。なまじ頭脳に自信があるだけ、それだけに無理だとひとたび判断するや一足とびに恬淡の極へ行ってしまう。それを見識と勘ちがいする。

この世の中においては、結果を出すのは見識ではない。地味な行動のつみかさねではないか。近藤は、

「永井様」

呼びかけた。けれども永井は、

「さがれ」

しわがれ声で命じたきり、いっさい口をきかなくなった。こうなったらもう頼りにはできない。

(わしが、みずから仕事しなければ)

近藤は、そう思った。ほかに手段はないであろう。もっとも、近藤はあくまでも随行員である。正使でも副使でもない以上、公式の場には出られないし、したがって長州者(もの)と交渉はできない。

自室へひきとり、ほかの新選組隊士とともに夜具のなかに入ってからも、

(どうするか)

まくらの上で、頭を何度もころがした。ようやく一策が湧き、

「よし。奇襲だ」

天井に向かってつぶやいたときには、ほかの隊士はすうすう寝息を立てていた。

†

三日後、奇襲を実行した。

この日は、会談日ではない。永井は自室にこもりきりである。近藤は夕刻、武田観柳斎、

尾形俊太郎をつれて出て、

「御免」

放胆にも、長州の宿舎へのりこんだのである。訊問使永井主水正（もんどのしょう）給人、近藤内蔵助とあきらかに近藤勇とわかる名を告げ、しかも腰の大小は、

「おあずけ申す」

と、あっさり相手方の小者へわたしてしまう。

べつの小者が、近藤たちを奥の一室へみちびいた。ほどなく来たのは、三名の長州藩士だった。

こちらと同様、宍戸備前の随行員格なのだろう。横一列に座を占め、それぞれ波多野金吾（はたのきんご）、大津四郎右衛門（おおつしろうえもん）、松原音三（まつばらおとぞう）と名のる。まんなかのひときわ恰幅（かっぷく）のいい男が、あとのふたりを目で制して、

「以後はそれがし、波多野金吾がうかがい申す」

よほどの実力者らしく、あとのふたりはうなずくだけだった。近藤にとっては、この席は、これまで洛中でさんざん斬ったり捕縛したり拷問にかけたりしてきた連中をのぞけば生まれてはじめての長州者との接触の席である。

(悪鬼、だな)

われながら、運命の奇妙さが可笑（おか）しくもある。前置きはせず、出された茶をためらわず飲

んで、

「では波多野殿、単刀直入に申し上げる。貴殿らが帰国されるさいは、ぜひ同道いたしたく」

ていねいに頭をさげた。波多野はにやにや笑いを浮かべて、

「いやだと申したら？」

「そのようなことは、よもやあるまい。だがもし然りなら、そうだな、町人にでも変装して忍び入りますかな」

「わが藩士は、気が立っている。露見したら斬られますよ」

「覚悟の上」

近藤は、さらりと言った。これは本心の言だった。もともと今回の出張にあたっては死の準備をしてきている。万が一のことがあれば天然理心流の宗家は沖田総司が継承し、新選組の局長は土方歳三がその座につくよう前もって本人たちに告げた上、そのことを故郷日野の後見役というべき佐藤彦五郎へも書きおくった。事実上の遺書だった。

波多野はしかし、にやにや笑いをひっこめない。太った体をゆすりながら、

「ご安心なされよ。何しろわれわれはいま領内へ向かうすべての道の入口に関を設け、旅人の出入りをあらためている。どれほどたくみに変装しても、そもそも忍び入ることが無理ですからな。それ故に、それ故にぃ、貴殿が斬られる気づかいも金輪際なし」

最後のほうは、歌でも歌うようなふしがついている。毅然というより尊大、尊大というより非礼だろう。さらに波多野は、おどろくべき行動に出た。ふところに手を入れ、懐紙にくるんだ大福餅を出し、懐紙をすてて、くちゃくちゃ食いはじめたのである。

近藤にもしも刀があれば、即座に斬り殺したとしても誰も文句は言えないだろう常軌を逸した行為だった。近藤は一瞬、頬が焼けるほどの怒りをおぼえたが、

（おや）

左右のふたりの様子に気づき、冷静になった。

反応がおかしい。いくら波多野が実力者でも幕臣相手にここまでやれば、顔色を変えたり、耳打ちしてやめさせようとしたりと、良識が顔を出すはずなのだ。

それが、平然と笑っている。追従笑いというよりは、何というか、

（まるでもう、戦争に勝ったかのような）

少なくとも、単なる新選組への悪感情では説明がつかない。みょうに余裕ある空気だった。

近藤はもともと永井尚志とちがって文官の経験がいっさいなく、他人との交渉をことばのやりとりという線でとらえたことがない。

ことばをふくむ気配どうしの呑みこみ合いと見ている。たいせつなのは意味ではなく「感じ」なのだ。その「感じ」がいま、胸のなかで、はげしく半鐘を鳴らしている。

近藤はあらためて、

「同道いたしたく」

手をついて懇望した。波多野はにべもなく、

「いやだ」

「御免」

近藤は部下へ目くばせをして、席を立った。ふたたび玄関で刀をうけとり、宿舎を出る。

(何か、ある)

その疑問をのこしたまま。近藤はそれから約一か月のあいだ広島に滞在したけれども、とうとう長州はおろか、支藩の岩国藩へも潜入することができなかった。二度目の出張でも同様だった。

†

二度目の出張から帰洛するや、近藤は、直属の上司というべき会津藩の宿陣・金戒光明寺へのぼった。

そうして藩主兼京都守護職・松平容保へ直接ねがい出た。

「きたるべき長州征伐には、わが新選組も、ぜひ出陣させていただきたく」

容保は、貴人である。感情を顔に出すことなく、

「なぜか」

「われらもお役に立ちたいというより、ありていに申して、われら無くしては大樹様（将軍）の勝算はおぼつかなしと」

「なぜか」

「長州が、何かおかしい」

と、近藤は言おうとした。例の波多野金吾の粗暴なふるまい、それを見すごす同僚の顔のふしぎな余裕。だがその原因がわからない以上、ここで容保にあやふやな推測を述べることは適切ではない。そこで近藤は、

「士気が」

と、べつの懸念を述べることにした。これはこれで深刻だった。

「前衛に配したお味方は、いちじるしく士気が低下しています。それがしは二度の広島への出張でつぶさに目睹しましたが、芸州口、つまり安芸国より長州領へ入りこむ大竹、木野あたりの地に布陣しているのは、あれは彦根や越後高田の藩兵でしょう。はばかりながら、愚鈍ぞろい。いくさを始められる状態ではありませぬ」

誇張でも何でもないつもりだった。近藤がそこを視察したところ、彼らはしきりに、

「このたびのいくさは、コウガイの挙なり」

などと言いあっている。

その口調、たいへんに勇ましい。なるほど慷慨しているのか、彼らも彼らなりに時勢を憂う心持ちがあるのかと安堵したのは誤りだった。彼らはめいめい、古道具屋から持って来たようなよろいかぶとを白布でみがいていたのである。そうして、

「俺のかぶとは、先祖が井伊直政公の家臣の誰それに拝領したものだ」

とか、

「わが臑当は、近ごろ尚寛院様（越後高田先代藩主・榊原政愛）よりじきじきに拝領したるものぞ。貴様のものとは由来がちがう」

などと他愛ない自慢をしあっている。そんなひまがあるなら刀の素振りをしたらどうか、銃砲の点検をしたらどうかと言おうとして、ようやく近藤も理解した。彼らの言うのは慷慨ではなく、

（甲鎧の挙か）

その瞬間、ほんとうに近藤はめまいでよろめいた。何という時代錯誤だろう。井伊氏、榊原氏といえば徳川家康のいわゆる四天王にかぞえられる譜代中の譜代であり、事実上、幕府の創立家である。その直臣であることが、彼らには何よりの誇りなのだ。

というより、それ以外に誇りがないのだ。彼らにとって戦場とは命のやりとりの場ではなく、度胸の証明の場でもなく、おそらく演劇の舞台なのだろう。それ故にこそ価値があるものなのだろう。徳川三百年の泰平になずみ、代々の禄に安んじる特権をぞんぶんに披露する

ための廻り舞台。こんな連中は、

(使いものにならん)

兵力そのものはこちらのほうが圧倒的に上なのだろうが、長州兵は、おそらく必死の覚悟で向かって来る。まともに対峙できるのは、結局のところ、自分たちしかいないのではないか。

「ぜひ」

近藤があらためて言い、ひざをすすめた。容保はやっぱり貴人らしく、ふっと横を向いて、

「討議させる」

結論は、その日のうちに出た。近藤は用人・井深宅右衛門に呼び出されて、

「貴下の嘆願は、これを却下する。新選組はひきつづき京の市中にとどまって浪士とりしまりに精勤し、宸襟を安んじ奉るべし」

(ばかめ)

近藤は、寺をあとにした。

寺には壮麗な山門がある。それを出ると、土方歳三が、馬に乗ったまま待っていた。馬の鼻がながながと黒いかげを地に落としているのは、もう日が暮れつつあるのだろう。

ふたり馬をならべて西本願寺へもどるみちみち、近藤ははじめて、

「なあ歳さん」

「何だね」

「屯所を、うつすか」

その腹案を、土方にあかした。土方は即座に、

「承知した」

「移転の差配は、また左之さんに」

「どうかな」

土方は、首をかしげた。悪意にちかい口調である。近藤は、

「……む？」

「原田君は、子が生まれた。覇気ににぶりが見える」

「まさか」

近藤は鞍の上で尻をずらし、はっはと笑って、

「そんなことを言い出すなら、俺も故郷に娘がいるよ。俺の覇気は、にぶっているかね」

「あんたは、もともと覚悟して置いてきた。どのみち会うことはできないんだ。原田君はちがう。妻とともに京で暮らしている」

「私（わたくし）は私、公（おおやけ）は公さ。原田君もわかっていよう」

と弁護しつつも、近藤は、

（歳さんが、正しいか）

ちらりと感じた。何しろ最近はほとんど毎日、会津藩へ行くか、二条城へ登城するかのどちらかで、われながら隊内の空気にうとい。微妙な変化がわからなくなっている。

(池田屋のころは、そうではなかった)

近藤はふと思いついて、

「今夜はふたりで飲もうか、歳さん」

言ってみた。飲みながら隊内の話を聞こうと思ったのだが、それもきゅうに気がおもくなった。むしょうに故郷の話がしたかった。土方はどう思ったのだろう、ただ馬首に目を落としたまま、

「ああ」

とのみ言った。

†

近藤勇が幹部隊士をあつめて屯所移転、および洋式調練実施のことを述べてから半月後。西本願寺から遠くない島原・角屋(すみや)の一室で、鉢四郎は、それまで食ったことのないような料理を前にしていた。

鯛の刺身に、鳥貝(とりがい)と芹(せり)のからしみそあえ。膳のすみにつつましく置かれた小指の先ほどの

大きさの、小判のような色をした沢庵漬ですら、口に入れると、ほとんど羽二重餅のごとき甘さ、やわらかさ。

（うまい）

鉢四郎は、おのずと身をのりだしてしまう。かたわらの小せんという天神へ、

「これはどのように漬けた。糠と塩のほか、麴をもちいたか？」

天神とは、高級遊女である。もとめられれば歌も詠もう、茶も点てようという一種の文化人がそんなことを知ろうはずもない。酌の手をとめ、もったりとした瞼でまばたきをして、

「へえ、それは……板前に聞きまひょか」

「聞いてくれ」

「どうどす、一献」

「ありがとう」

こんな客と妓とは思えぬやりとりには、膳のむこうの左之助が顔をしかめて、

「おいおい鉢四郎、くそまじめも大概にしろ。男なら揚屋へ来たときくらい役目はわすれるもんだ。だいたいお前はもう勘定方の隊士じゃねえか。いまさら賄方の仕事を気にしたところで猫のしっぽにもならねえ」

「兼任ですよ。二足のわらじです」

「ああ、そうか。そうだったな。勘定方はもう慣れたか？　そろそろお前も、歳さんに、こ、

れを命じられるころあいかな」

左之助はにやりと笑うや、箸をにぎり、腹を切るまねをした。鉢四郎はまっさおになって、

「ま、まさか」

「冗談だよ。あいかわらず気骨（ほね）がねえな。しっかりしろい」

鉢四郎が勘定方に就任したのは、半月前、あの幹部会議の直後だった。組頭たちが無言でさっさと出て行ってしまうと、鉢四郎はひとりだけ、

「菅沼君」

土方に呼ばれたのである。おそるおそる前へ出るや、

「勘定方の河合耆三郎（かわいきさぶろう）君が切腹したことは、君も聞いているだろう。何ぶん五百両もの隊費つかいこみが露見したとあっては致し方もないが、ついては君に後任をつとめてもらう」

もらいたい、ではなく、

（もらう、か）

土方がその言いかたをするときは、時間が惜しいということである。口ごたえ無用、とっとさがれ。鉢四郎がそれでも、

「勘定方は、まだ三人おられます。私ごときが……」

言いかけると、土方はぎょろりと目をむいて、

「尋常の事務を執れとは言わぬ。君の役目はただひとつ、屯所の移転にかかわる費用（ついえ）の計上

をするのが必要だ。何しろすべての建物を一から造作する故、あらかじめ算段を立てておく必要がある。はじめは勘定方の安富才助に相談し、あとは原田君と相談しろ。わかったな」

言ったときにはもう立ちあがっている。鉢四郎はその袴にすがりつくようにして、

「賄方は、どうすれば。ほかに人があろうとは……」

「兼任しろ」

鉢四郎は部屋を出るや否や、このことを左之助にうったえた。左之助は手をたたいて、

「そうか、そうか。だからお前もあの会議へ呼ばれたんだな。俺はこれから街の内外を歩いてまわり、手ごろな土地をさがすことにする。案がいくつか挙がったら、めしでも食いながら話そう」

こういうわけで、半月後、鉢四郎はこの角屋での食事の席に呼ばれたのである。めし代、花代はぜんぶ左之助が出してくれるという。もっとも左之助は、以前から、この店へはしばしばひとりで来ているらしい。めあての妓がいるわけではなく、ただ単に、

――家にゃあ、いたくねえ。

左之助はそんなふうに言っていた。家には妻のおまさと、生後四か月になる長男の茂が住んでいるのだが、この茂の泣き声がうるさくて、ものも考えられないのだという。半月前、この赤んぼうは西本願寺の僧侶・頓円らに誘拐されて危ういところで救出されたが、その頓円は、じつは新選組の内紛をもくろむ長州藩士だった。

その思い出のせいでもあろう、

――あのがきめ、とっとと瘧(おこり)で死んじまわねえかな。

というのが、いまも口ぐせになっている。左之助にとっては、この店は一種の駆込み寺なのである。

とにかく、鉢四郎は勘定方を兼任した。左之助はなおも箸をにぎり、右へ左へと腹を切るまねをするので、鉢四郎は杯の酒をむりに干し、横を向いて、

「やめてください」

「線香はあげてやる」

「そもそもなんで、か、河合さんは、処分されたのでしょう」

「五百両だろ。隊費つかいこみ」

「それは、おもてむきの通達でしょう。裏があるのではありませんか。ほかの三人に聞いても要領を得ないし、これでは私、や、安んじてお役目をつとめられません」

「知らんよ」

と、左之助は、面倒くさそうに返答すると、ばたりと箸を置き、

「どうせ妓につぎこんだんだろう。そんなことより、屯所のうつし先だ。その話をするはずだったろう。だいたい目星はついたんだ。見ろ」

膳を脇へ寄せてしまった。

その音で、鉢四郎はふたたび左之助のほうを見た。左之助はふところから洛中洛外の絵図を出し、たたみの上にひろげる。鉢四郎から見ると北が上になっていて、中央にでかでかと碁盤の目のようなものが赤い色で刷られていた。

もちろん京の街なみである。その左を桂川が、右を鴨川が、それぞれ青色でながれ落ちている。両者は下方やや左のところで合流し、より太々しく淀川になって図外へ去るのだが、その合流点の右のほうには、もうひとつ、だいぶん小さな碁盤の目がやはり赤で刷られている。こちらは伏見の街だろう。

（伏見）

鉢四郎は一瞬、そこでいまも暮らしているであろう自分の妻と娘の顔を思い出したが、左之助はかまわず話しはじめる。

「あちこち見たが、見こみがあるのは三つだな。ひとつは山ノ内村。ほら」

京の市街のまんなかより少し左、大きな二条城の上にトンと人さし指を置いた。その指を左へすべらせて、桂川の手前で停止させ、

「このへんが山ノ内村だ。なかなかひろい菜種畑がある。畑なら土地の召し上げは容易だし、位置関係も、お城への行き来がしやすいだろう。若先生には都合がいい。ふたつめは」

ぐっと指を右へうつし、碁盤の目をとおりすぎ、鴨川をこえた。赤く「大」の字の描きこまれた緑色の山のふもとのあたりで円を描いて、

「ふたつめは、ここ。吉田村だ。ちょっと禁裏には遠くなるが、かわりに会津藩の金戒光明寺がちかい。やっぱり行き来がしやすいわけだ。もっとも、王朝のむかしから吉田社の社領が多いそうだから、召し上げはなかなかむつかしいだろう。普請のはじまりまでに時間がかかる。若先生や歳さんはどう見るかな。じつを言うと、俺の肚じゃあ、つぎの三つめがいちばん期待が大きいんだが」

などと言いつつ、碁盤の目の下のほう、桂川と合流する直前の鴨川のやや上のところを爪の先でかさかさと突いて、

「不動堂村」

「ふどうどう？」

「あそこは何しろ広大だぜ」

左之助の口調が、熱を帯びた。

厳密には村ではなく、不動堂町と呼ぶべきなのだろう。何しろそこは京の南のはしっこながら、いちおう洛中と洛外を画すとされるお土居（土塁）の内側にあり、人家も多く、豆腐屋などもあったからである。

ただしその大部分は、二年前のどんどん焼けのとき消え失せてしまった。灰になったわけではなく、類焼をおそれた他の町の男どもが鳶職よろしく破壊してしまったものらしい。その後も再建はすすんでおらず、住民もさほど戻っていないから土地の収用はいまならわり

あい簡単だし、それに何より、ひっこしの手間がかからない。現在の屯所である西本願寺にちかいからだ。

「ひろさも、じゅうぶんだ。町外の原っぱも合わせれば洋式調練でも何でもできる。ただし原っぱのほうは地盤（もと）がゆるいようだから、少し土を足さなきゃいかんが。お前はどう思う」

とつぜん聞かれて、鉢四郎は、

「わ、私？」

「ほかに誰がいる。お前にも意見があるだろう」

鉢四郎は、ただ目をしばたたくだけ。意見なんぞありはしないという以上にそもそも次代の屯所はどうあるべきかなどという抽象的な問題をかんがえるようには元来あたまが向いていない。われながら人を指導するよりも、されるほうが楽なのである。膳の上に目を落とし、ふと思いついて、

「不動堂村が、よろしいと」

「なぜだ」

「いまの農家や青物屋から、そのまま仕入れがつづけられるので。魚屋もまた入れられるようになる。ほかの場所では、一から探しなおさなければなりません」

「ばか」

左之助はたてつづけに舌打ちをして、

「俺が聞いたのは、食いものじゃねえ。土地の仕入れの問題は。金はいくらかかるのか、誰に話を通せばいいのか。やっぱりお前は、賄方の人間だよ。勘定方のうつわじゃねえ」

かたわらの妓がびくりと背をそらすほど大きな声で笑った。鉢四郎も追従笑いをしつつ、胸のうちで、

（みょうだな）

首をかしげた。

左之助の、この熱心さがである。ついいましがた鉢四郎に対して、くそまじめも大概にしろ、揚屋へ来たときくらい役目はわすれろなどと通人めいた訓示を垂れた当の本人がばさばさと絵図をひろげて新屯所のあれこれの談議をやめぬ。矛盾もはなはだしいと鉢四郎は思うのだ。

だいたい約一年半前、左之助は、不満たらたらだった。近藤にはじめて大坂に新選組支部を設けるための下調べを命じられたときなど、

「新選組も、変わりましたな。こんな役人じみた仕事のために、俺たちは江戸を発ったんですかね」

と言い返したことは鉢四郎の記憶にもあたらしい。わが本分は刀槍のわざ。十番組組頭としての仕事こそ生きがい。むしろそんな左之助のほうが、

（原田さん、らしい）

もとより角屋に来るような妓は口がかたく、心持ちがしっかりしている。情報がもれる心配はないのだが、それにしても左之助のこの饒舌ぶりは、鉢四郎には何か未知の動物をまのあたりにするような感じだった。

左之助は、なお声に張りがある。

「とにかく、まずは不動堂村だ。あすの朝さっそく歳さんに話してみよう。案外あっさり決定しちまうかもしれん。鉢四郎、金勘定のしたくをしておけよ」

「はい。あ」

と鉢四郎は思い出して、

「そのときは、副長にご伝言をお願いできませんか」

「なんだ」

「石田村のご実家から、沢庵漬の樽がとどいたと。副長はたいへんお好きなので」

「たくあん？」

「ええ」

「わざわざ取り寄せたのか。こいつを隊費で買えばいいだろう」

左之助はそう言うと、絵図をしまい、箸をとり、自分の膳の沢庵漬をつまみあげた。

小指の先ほどの大きさの、小判のような色をした一片。鉢四郎はかぶりをふって、

「副長はもっと塩の濃い、口のまがるようなのが好みなのです。京風はちょっと」

「賄方め」

左之助はあざけるような、しかし奇妙に慈愛にあふれた顔をする。鉢四郎は返事をしようとして、つい、あくびを噛みころした。賄方としての鉢四郎は、あすの朝も、めしを炊くため日の出前に起きなければならない。

†

近藤勇の懸念は、現実のものとなった。

あの二度目の広島出張の三か月後、幕府はとうとう軍事行動に出たのである。まずは手はじめとばかり瀬戸内の海に浮かぶ長州藩領・大島（屋代島）を砲撃し、それから本土侵攻を開始した。侵攻は、三方から同時におこなった。

いや、おこなおうとした。ところが西の藩境の小倉口、および東方山陰側の石州口では先鋒の出足がにぶく、ぐずぐずしているうちに長州側の先制をゆるし、あっさり緒戦にやぶれてしまう。よほど士気が低かったものか。そうではなかろう。このとき小倉口を担当した小倉藩兵は、長州兵に向かうにあたり、山鹿流の陣太鼓をどんどんと鳴らし、ほら貝を吹きつつ練り歩いたという。軍事というより芸能である。長州兵は、これへ銃の掃射をしたのだった。

ただひとつ、東方山陽側の芸州口では、幕兵のほうが先を越した。

ここの担当は、あの近藤がつぶさに視察した彦根藩、越後高田藩である。ことに彦根藩兵は、ほかとくらべれば、さすが徳川四天王のひとつ井伊家の家士とはいえた。とにもかくにも自分から藩境をこえ、萩城下をめざそうとしたからである。

藩境は、木野川。

長州人は小瀬川と呼ぶ。さほど大きな川ではなく、彦根兵は徒歩でわたろうとして、ひざを水にひたしたあたりで、上流のほうの山から、

どん

どん

という轟音がした。

「大砲やあっ」

誰かがさけんだ。このとき長州兵がぶっぱなしたのは、じつは厳密には近代的な大砲ではない。命中率の低い、戦国時代さながらの小さな臼砲にすぎなかったのだが、何しろ山間部である。音のひびきは艦砲なみで、しかもたった一発がこだまで二発にも三発にも聞こえるところへ、つづいて小銃の射撃音。水面には、小魚の跳ねるような水の針が無数に立った。

「あかん。あかんでえっ」

彦根兵は隊列をみだし、くるりと体の向きを変えた。

来たほうへ走った。対岸の長州兵は地形を知りつくしている。あとを追うようにして川をわたり、しかし深追いすることなく山や民家に火をはなった。これだけで敗兵はいっそう恐慌をきたし、見えない糸でひっぱられるかのように浜手へ向かったのである。

浜には、小舟がとめられている。それを彼らは海へ押し、海に浮かべ、つぎつぎと乗りこんで櫓をこぎはじめた。

たまたま海はおだやかだった。櫓のない者は小銃でこいだ。彼らの多くは逃げおおせたが、あとで長州兵が来てみると、海には赤漆ぬりの臑当や小手、眉庇つきの兜などが浮いていた。掠奪する者はなかったという。

†

戦争開始の報を受けて、近藤勇は、毎日のように二条城へ登城した。現地の情況を聞くためであり、また、

「いまからでも間に合う。新選組をお投じくだされ」

とうったえるためだった。聞くのは敗報ばかりだったけれども、あるいはその故か、幕府側の返事は、

「ならぬ。ならぬ」

の一点張りだった。近藤は下城し、西本願寺の屯所へもどるたびに土方歳三の部屋へ行って、

「ばかめ。ばかめ。敗けるのは当然ではないか」

たたみを拳で打ちつつ吼えた。

「何か月も前から天下に長州征伐を布告し、訊問使を派遣し、国境に兵をあつめ、相手にじゅうぶん戦備させてやった上、いざ戦端をひらいたら何はともあれ大島へためし撃ちでは、さあ防いでくれいと言っているようなものではないか。そうだろう歳さん」

土方は、めしを食っている日もある。そんなときは決まって故郷からとどいた色のわるい沢庵漬を嚙みくだいている。石をくだくような音も立つ。どちらにしろ、

「うむ。うむ」

さからうことをしなかった。

近藤は、ふだんは冷静沈着な男である。その沈着さを取り戻させるには聞き役に徹するのがいちばんだと長年のつきあいから知りつくしているのだろう。近藤はいよいよ声を大にして、

「それでなくても、士気ではくらべものにならんのに。大樹様（将軍）はどう思し召しか。このままではご公儀はほんとうに滅してしまう」

じつを言うと。

この時期、大樹様は、思し召しどころではなかった。大坂城で死の床についていたのである。胸の激痛、足のむくみ、はげしい嘔吐、睡眠障害、呼吸困難……ありとあらゆる天然の拷問を受けて、起き出すこともままならなかった。もともと蒲柳（ほりゅう）の質（しつ）だった上、このたびの困難すぎる政治情況がいっそう心身の負担になったのにちがいなかった。

こうした症状は、じつは開戦前からあったらしい。近藤はあとで知ったのだが、してみると、あの幕兵の無意味なぐずぐず、無意味な開戦ひきのばしもこれが一因だったのではないか。結局、この第十四代将軍は、開戦の翌月に世を去った。

享年二十一。自分の病名もわからぬまま、敗報につぐ敗報にさらされながらの衰弱死だったけれども、幕府にとっては、これはむしろ吉事だったかもしれない。将軍の死を口実にして、長州側へ、

――兵事はしばらく見合わせてやる。もしもふたたび朝廷の命に反したりしたら、そのときは討ち入るぞ。

などと一方的に休戦を宣告することができたからである。ありがたいと思えと言わんばかりの口吻だが、もちろん事実ははっきりと敗北だったし、そのことを幕府は内々（ないない）みとめていた。

世間の目も、もはやごまかしがきかないだろう。近藤はくやしさがおさまらず、翌日も、

また翌日も土方の部屋へ行き、

「歳さん。聞いてくれ」

と、まるで老人が愚痴をこぼすように幕閣の無能を説くのだった。

†

休戦成立から数日後、近藤は、大坂城へ呼びつけられた。老中・小笠原長行がじきじきに、

「来るよう伝えよ」

と命じたのだという。

（はて）

何の用か、近藤にはわからない。小笠原はもともと肥前唐津藩六万石の藩主家の生まれで、ただし藩主ではなくその世子だが、はやい時期から藩内よりもむしろ中央政界でみとめられ、今回の長州征伐においても責任者のひとりとなった。

近藤はあの二度目の広島出張のとき正使としての彼に随行したので面識がある。一度目のさいの訊問使だった永井尚志よりも若く、永井よりも家柄がよく、そうして永井よりも会談の席において強気だった。

「天の理は、われらにあり。故にわれらは勝利する」

などと、やや神がかりの発言もあったらしい。戦争開始時には九州方面監軍として小倉に入り、小倉口の戦いを指揮したが、しかし敗色が濃厚となるや、前代未聞の行動に出た。部下に何ひとつ言い置くことなく本営である臨済宗・開善寺をこっそりと脱出し、幕府軍艦・富士山にのりこんで、大坂城へまいもどったのである。

本人にはいろいろ弁明もあるだろうが、客観的には、どこからどうみても敵前逃亡にほかならなかった。いまも大坂城に滞在している。ほどなく江戸へ召し返され、老中の職を、

——罷免されるだろう。

というのが城内のもっぱらのうわさだった。

とはいえ罷免を命じるべき将軍・家茂はすでに世になく、つぎの将軍もまだ正式にきまっていないありさまではどうなるかわからないが。小笠原というのはふしぎな男で、これほどの恥を天下にさらしておきながら肩をちぢめることなく、やっぱり城内を大またで闊歩しているという。一種の大物ではあった。

その小笠原に、近藤ははるばる呼び出されたのである。何の用かも知らされずに。淀川をくだり、裃をつけて登城して、

「新選組頭取・近藤勇、まかり出てござりまする」

念入りに平伏すると、小笠原はいきなり、

「無能め」

甲高い声をあげた。羽織をぬいで投げつけんばかりの勢いで、

「無能め、無能め。こたびの長州征伐の失敗(しくじり)は、すべておのれらの責任ぞ。どう始末をつけるのじゃ」

近藤はつい、おもてを上げて、

「はあ」

ぽかんと口をあけてしまった。

言われていることの意味がわからない。いったい新選組に何の関係があるのか。戦場へ出なかったのが悪いと言うのなら、さんざん出してくれと願い出たのを拒みつづけたのは幕閣のほうではないか。

近藤はようやく、われに返り、

「はなはだ恐れ多いことながら、殿様、拙者は迂愚(うぐ)にて、もう少し説明(ときわけ)を……」

「毛利の裏には、島津がおる」

「えっ」

「ひそかに薩摩と連合しておった。長州のつよさの要諦(ようてい)はそれじゃ。みじかい期間であれほど多くの小銃や大砲をそろえることができたのも、おそらくは薩摩の援助によるのであろう。薩摩の家中が、イギリス商人への斡旋(なかだち)をしたのじゃ」

(長州と、薩摩が)

近藤は、声が出なかった。

ただ目をしばたたくだけ。政治という魔物の、外交という妖怪の、真の姿をまのあたりにする思いだった。

もともと両藩は仲がわるい、というより不倶戴天(ふぐたいてん)の敵だったではないか。ことに長州のほうの憎悪がすさまじかったのは、蛤御門の変のとき薩摩が幕府方についたからである。薩摩はおなじく幕府方の主力である会津兵などと連携しつつ、御所西側の乾(いぬい)御門、中立売(なかだちうり)御門、蛤御門あたりで長州兵をおもうさま殺戮(さつりく)した。

その上で、京から完璧に追い出してしまった。あれからまだ一年半しか経っていないというのに薩摩はもう幕府をうらぎり、旧敵と手をにぎり、討幕に転じたことになる。そういえば、このたびの長州征伐においては、薩摩は幕府の再三の要求にもかかわらず、

——大義がないから。

などとどこでも使える理由をかまえ、ただの一兵をも差し出すことをしなかった。あれは消極的姿勢ではなかった。じつはもっと積極的に、背後で長州を援助していたのだ。

近藤は、さらに記憶をさかのぼる。

(そういうわけか)

ひとつの事実を思い出している。

これは一度目のほうの広島出張時のことだった。近藤は武田観柳斎、尾形俊太郎をつれて

長州の宿舎へのりこみ、玄関で両刀をあずけた上で、長州側の随行員というべき波多野金吾ら三人を相手に談判した。

そのとき近藤は、帰国のさいは、ぜひ同道させてほしいと申し出た。長州侵入をくわだてたのである。波多野がうんと言わなかったのは或る意味、当然のことだったが、問題はその態度だった。波多野はにやにや笑いを消さなかったばかりか、

「それ故に、それ故にぃ」

などと歌でも歌うようにものを言い、あげくの果てには懐中から大福餅を出してくちゃくちゃ食いだしたのである。あの無礼のかずかずは、いまにして思えば、

――われらの背後には、薩摩がいる。

そんな自信のせいだったわけだ。銃砲の確保もすすんでいたのだろう。やはり波多野は二流の男だった。ひた隠しに隠すべき浮かれ心をああも隠しきれないのでは、いずれ仲間うちでも排斥（はいせき）されるのではないか。

「くそったれ」

近藤はつい、きたないことばが出た。

小笠原が、ぎょろりと近藤を見おろす。近藤はあわてて低頭の度をふかめつつ、しかし内心、依然として、

（何がわるい）

叱責の理由がわからなかった。なぜ敗戦の責任を負わされるのか。いくら何でもその程度の材料をよりどころにして薩長連合の存在に気づけと言うのは、鮎の一匹はねるのを見て洪水を予期しろと言うようなものだろう。

「恐れながら、われらに何の落度がありまするや」

思いきって、聞いてみた。小笠原はその小さな顔を耳までまっ赤にして、

「まだわからぬか、素浪人め」

「す、すろ……」

近藤は、つかのま絶句した。極度の貶斥語であるばかりでなく、事実にも相違する。小笠原はかまわず、

「薩長両藩が連合したからには、それを決めた会合があるはずじゃろう。そうしてその会合は、江戸や長崎でおこなわれるはずがない。両藩の要人がひんぱんに出入りし、落ち合うことができるといえば、京の街しかあり得ぬのじゃ。そなたらが浪士とりしまりの目を光らせておけば、薩摩はともかく、長州の士は捕縛できた。薩長連合は、おぬしらの怠惰で成り立ったのじゃ」

「申し訳ござりませぬ」

近藤は、ただちに平伏した。

(そういうことか)

ようやっと腑に落ちた。

むろん近藤としては反論したい。新選組とて人員にも隊費にもかぎりがあるのだ。二十万とも三十万ともいわれる京の住人ひとりひとりをあらためることなど不可能だし、あらため得たとしても、それはそれで世間の反感を買うだろう。この殿様は、要するに、あまりにも現場を知らなすぎるのだ。

しかしそれを口に出したら、出したとたん、みにくい自己弁護になってしまう。限界は限界、結果は結果。それに実際、新選組のほうも、ひょっとしたら二年前の池田屋事件で浪士大乱の芽をつむという大成功をおさめて以来どこか慢心があったのかもしれない。そのことはみとめなければならないようだった。

近藤自身、われながら近ごろはすっかり一人の旗本と化している。毎日のように登城したり、会津藩の本陣へ行ったりで偉い人とばかり用談して、隊内の統制はこれをすべて土方ひとりの肩に負わせてしまっている。初心をわすれつつあるのかもしれなかった。

「この責任、どう取る」

小笠原に問われて、近藤はたたみのへりを見つめたまま、

「黒幕を、斬ります」

「黒幕？」

「ご高説をうかがって思いますのは、こたびの薩長連合には、裏で糸を引いている者がある

のではありませんか。そやつが両者を引き合わせた。旧怨あつき両藩士がみずから『会おう』『会いましょう』などと言い出すはずがないからです」

「ふむ」

「その仲介役こそが、われらの最大の敵でありましょう。ほうっておけば薩長の自陣へさらに土佐藩を、広島藩を、福井藩を、どんどん組み入れようとしかねない。ご公儀に仇なす勢力がますのです。一刻もはやく始末せねば」

と言ったとき、近藤の胸中には、

(これが、初心か)

そんな思いの光がまたたいている。あやしいやつを見つけだし、隠れ家にふみこんで斬る。召し捕る。その仕事のくりかえしが新選組をここまで大きな組織にしたことは、それ自体は、まちがいのない事実だった。

「見当は？」

「え？」

「見当はついているのだな。その黒幕が、どこの誰か」

責めるように問われて、近藤は即座に、

「ついております」

小笠原が身をのりだして、

「誰だ」

「素浪人です」

とのみ、近藤はこたえた。

小笠原は、虚を突かれたようだった。あざけりでも怒りでもない童子（わらべご）のごとき顔をしている。近藤は立ちあがり、相手を見おろして、

「その男は、いまも京へたびたび出入りしていると見るべきでしょう。機会はある。何としても見つけ出し、息の根をとめてご覧に入れます。新選組の名にかけて」

「申したな」

「新選組の名にかけて」

念を押し、大坂城をしりぞいた。

京へもどる淀の早船（はやぶね）は、たいへんな混雑である。まわりの客に押しつぶされそうになって、近藤は、ひざを抱えてすわった。われながら子供のような姿勢だった。

太陽は、船尾（とも）のむこうに暮れようとしている。あまりのまぶしさに顔をそむけつつ、

（あいつしか、おらぬ）

近藤は、その確信をふかめている。

あの黒幕がである。薩摩にも長州にも属しておらず、しかし両藩どちらにも信頼されている男。剣がつよく、銃砲の知識もあり、全国各地をとびまわっているが京の街をも自分の庭

のごとく闊歩しているであろう男。

要するに、日本一の不逞浪士。

「……あのとき、やはり斬るべきだったか」

何度目かにつぶやいたとき、船外が、にわかに騒々しくなった。目を上げると、

——酒くらわんかぁ。

——餅くらわんかぁ。

などと品のない声をあげつつ、日に焼けた男どもが、おもちゃのような舟でつぎつぎと寄せてくる。

素焼きの徳利や碗をさしかざしている。とすればここは枚方(ひらかた)あたり、早船はもう京への道のりの半分ほどまで来たことになる。近藤はふところから財布を出し、そのうちのひとりへ酒と牛蒡汁(ごぼうじる)をよこさせた。牛蒡汁は生ぬるく、牛蒡しか具がなく、白湯(さゆ)のように味がなかった。近藤はふと、

(鉢四郎)

あの賄方の顔を、心のなかに見た。

いますぐ会いたいような感じがした。毎朝毎夕、炊きたてのめし、煮たての汁を食わしてくれる存在のありがたみは、こういうときにしか気づかない。

何やら近藤はひどく悪いことをした気がしたが、それもつかのま、ちょっと船がゆれたと

たん思考はまたあの黒幕のことへと向かってしまう。

酒は、川へすててしまった。川風がつめたい。船尾のむこうの太陽はもう完全に没してしまっていて、空は暗く、ただ水平線のあたりに赤い雲のもやもやが遺(のこ)るのみ。ついさっきまで、まぶしさに顔をそむけていたというのに。近藤はため息をついて、

(じき、冬だな)

早船は岸の曳き子に曳かれ、しずかに淀川をのぼりつづけた。

†

西本願寺の屯所にかえるや否や、近藤は、ただちに三番組組頭・斎藤一および原田左之助を呼びつけた。

ふたりが来ると、大坂城での話をつつまず明かした上、

「薩長連合の黒幕は、土佐脱藩、坂本龍馬でまちがいない」

と断言した。それから一瀉千里(いっしゃせんり)に、

「ほかに思いあたらんのだ。君たちには何としてもきやつを召し捕り、隊の汚名を雪(すす)いでもらいたい。もっとも、きやつは六尺がらみの大男で、北辰一刀流・千葉定吉門の塾頭もつとめたほどの腕である。凡百の義士とはわけがちがう故、心してもらいたい」

「坂本ってなあ、あいつだな？」

左之助が、あごをしゃくりあげるようなしぐさをした。近藤はうなずき、

「そうだ」

「やっぱりあのとき、斬ってりゃあ……」

「詮ないことだ」

ぴしゃりと言った。一年前、近藤は左之助とともに、伏見の船宿・寺田屋で坂本と顔を合わせている。

近藤のほうが左之助をつれて、いわば会いに出かけたのだった。坂本はその時点でもう浪士中の大物だったが、近藤は、われながら放胆にも、

——新選組に入らぬか。

と勧誘した。

坂本は返事をはぐらかしたが、あのときは、あきらかに心がうごいていた。

近藤のこの奇策は、とどのつまり水泡に帰した。そののちやはり幕府の一機関である伏見奉行所が寺田屋に捕吏をさしむけ、龍馬を捕殺しようとしたためだった。近藤は事前にまったく知らされていなかった。坂本はこの店で仲居づとめをしていた妻おりょうの機転により難をのがれ、命びろいをしたけれども、逃げこんだ先は、場所もあろうに薩摩藩邸だったという。坂本の去就はこれで完全に決定した。

反幕府、親薩摩でうごかなくなった。こういう経緯の延長線上に、おそらくはあの、

（薩長連合の、仲介が）

近藤はいま、そんなふうに想像している。もっとも、坂本はそれ以前から薩摩とねんごろで、連合の話も進めていたという見立ても成り立つが、とにかく近藤の胸中は複雑である。

（伏見奉行所が、よけいな手を出さなければ）

という無念と、

（坂本は、やはり敵だった）

憎悪にちかい感情がこもごも胸のなかで明滅している。われながら始末にこまる。左之助もそんないきさつを知るからだろう。ぎりぎり歯がみしていたが、つぎの瞬間、水であらったような顔になり、

「わかりました、若先生。草の根わけてもさがしだし、坂本の首を取りましょう」

「たのむ」

「世間はあいつに心を寄せているが、この世には、にくまれ役が必要だ」

「取れるかな」

横から口をはさんだのは、斎藤一だった。左之助がそちらへ、

「何？」

「あんたはもう、むかしのあんたじゃない。返り討ちが関の山だ」

「大した自信だな、ぼうや。この前のときぁ、あやうく命果報(いのちかほう)をしたっけが」

「それは原田さん、あの加茂大橋の上での立ち合いのことを言ってるのか？　だとしたら命果報はあんたのほうだ。じじいの伝令があと少し遅かったら、俺の刀は、あんたの五体をばらばらにしていたよ」

「また、ためすか」

左之助が腰を浮かすのへ、斎藤も、

「望むところ」

立ちあがろうとしたけれども、近藤が、

「よせ」

不潔なものでも見るような目でふたりを見て、

「薩摩と長州ですら連合した。君らはそれに劣るのか」

「失礼した」

左之助と斎藤は、それぞれ近藤へ点頭したが、たがいへ頭をさげることはせず、ふたり同時に退出した。近藤はひとりになって、

「……何をしている」

ため息をつき、ひどく疲れたような顔になった。

†

冬が来て、年があらたまると、洛中はいくらか落ち着きをとりもどしている。鉢四郎もひさしぶりに非番だった。われながら、みょうな旅ごころがはたらいて、

（逢坂の関でも）

あまたの名人に詠まれた歌枕の名所を見てみようと、西本願寺の屯所を出て東へ行き、寺町通を北へ上がり、三条通を東へ折れた。小心者なので、大きな道しか通らない。

鴨川をわたり、山をのぼった。ほどなく見えた逢坂の関は、どうということのないふつうの関所だし、だいたい坂自体がきつくない。おう坂というより小坂である。

「ま、こんなものか」

近所の茶屋で鰻めしを食い、茶を飲んで、ふたたび来た道をもどりはじめた。

洛中に入ると、こんどは御池通を西に入った。町家の建てこむ小道へあえて足をふみいれたのは、われながら、少し心のゆとりが出たのかもしれない。もとより袴もつけておらず、着ながしなので、新選組とはわからないだろう。

辻々で、

――これは、何やな。

——まだ当分、徳川様の世がつづくらしいな。

などと人々がうわさしている。鉢四郎は内心、

（つづくか）

安心する。われながら他愛ないことだけれども、もともと京洛の市民は西洋人を毛嫌いすること他の街人よりはなはだしく、したがって攘夷の急先鋒である長州をこれまで過分なほどに応援してきた。

そのあおりで、幕府をさんざんこきおろした。その彼らが言うのなら、幕府の安泰は、かえって確かなのではないか。

実際、幕府のほうも、体制をじわりと立てなおしつつある。

かねて空席だった将軍位にも、昨年末、ようやっと英邁のほまれ高い一橋家出身の徳川慶喜が就任したし、不倶戴天の敵というべき長州もいまは動きが凪いでいる。

むろん、べつの辻では、

——いやいや、こんなもん、あらしの前の静けさや。いつまでも長州はんが黙ってへん。

——薩はんも、長はんにお味方するちゅうて。何さらすか楽しみや。

などという話も聞こえてくる。そのつど安心と懸念をくりかえしつつ鉢四郎はせかせかと歩み、まるで逃げこむようにして西本願寺の唐門をくぐった。

このころにはもう、雨がふりだしている。

鉢四郎は境内をぬけ、さらに竹矢来の門をぬけようとした。

こちらの門は、ひろくない。むこうから来た侍が、

「おっと」

鉢四郎をよけようと左へ寄ったが、鉢四郎はおなじ理由で右へ寄ったため、正面衝突してしまった。

もとより大した衝突ではない。相手がちょっとあとじさりして、蛇の目傘(じゃのめ)をもちあげたので、顔がわかった。ほっそりとした白い顔に、くりくりとよくうごく瞳がうめこまれている。

「ああ、これは、渋沢(しぶさわ)さん」

鉢四郎が声をあかるくすると、相手の若者は、

「ああ、よかった。あなたに会いに来たのですよ、菅沼さん」

「私に？」

「これから家命により横浜へ出張しなければならず、当分は京へも来られませんので、ご挨拶に。非番でしたか」

着ながしの、編笠ももたぬ鉢四郎のなりから判断したのだろう。鉢四郎はうなずいてから、

「横浜へ？」

「ええ」

「何のご用で？」

「主筋がフランスに参りますので。随行します」

「フランス」

鉢四郎は、絶句した。どこにあるか知らないが、要するに、ひろい海の向こうだろう。世の中はどうなってしまっているのか。たぶんもう一生、

（会えない）

そんな気がして、

「渋沢さん。まだお時間はありますか」

「え、ええ」

「あらたな屯所を見てほしい。あなたなら、今後の費用がわかるはずだ」

「それは、まあ……」

「行きましょう、行きましょう」

鉢四郎はさっと蛇の目傘の下へすべりこみ、きびすを返し、返しつつ渋沢の腕をつかんで唐門のほうへ歩きだした。渋沢が最初ためらいがちに、しかしほどなく颯々と足をはこんだのは、感傷的な理由からではなかっただろう。生来、金勘定に興味があるのだ。

渋沢篤太夫、もともと武蔵国榛沢郡血洗島村（地名。島ではない）の豪農の家の生まれ。田畑や養蚕も手がけたが、家業の中心は、藍の生産販売だった。藍というのは蓼藍の葉をもとにした染料であり、市場の需要がおおむね高いが、供給量の上下がはげしい。蓼藍の葉

を刈り、きざんで発酵らせ、水にとかし……工程が複雑微妙をきわめるからだ。

だから家の収入は、つねに相場に左右される。原料を買うにしろ、完成品の藍玉を売るにしろ、あらゆる行為が投機になる。農行為がただちに商行為なのだ。そういう家の長男として生まれたぶん、渋沢は、まだ三十にもならぬのに金銭というものの世のふるまいを知りつくしている感じがあった。あたかも遊郭で生まれ育った人間が男女の仲に通暁しているように。

しかも渋沢篤太夫は、いまは農民ではない。商人でもない。徳川将軍家の分家である一橋家に奉仕している世にかくれもない武士なので、主筋というのはこの場合、将軍徳川慶喜の実弟・徳川昭武にほかならぬ。商才あふれる幕臣なのだ。

新選組との関係は、昨年秋に生まれた。

じつは京には新選組とはべつにもうひとつ幕府方の警察組織があり、名称を京都見廻組という。新選組が浪士をあつめて成ったのに対し、こちらは旗本の次男坊、三男坊らをまねいて出来ているのだが、その見廻組の隊士のひとり、大沢源次郎という男が、

――近ごろ、尊攘派浪士としげしげ会っている。

そんな疑念が、一橋家中でささやかれだした。

謀叛のたくらみではないかというわけだ。見廻組も一橋家もどちらも幕臣の集団であるだけに、元来、顔みしりが多いのである。この結果、

——捕縛せよ。

との命令が、どういうわけか渋沢にくだった。

ほかの連中がみな逃げてしまったからだろうか。渋沢は、困惑した。もとより計理の人間である。剣のあつかいには自信がない。結局、西本願寺の屯所をおとずれて、

「ご助力を、おねがいします」

と土方に頭をさげたのは、ほかに方法が思いつかなかったのである。土方は、

「承知した」

即座にうなずき、その日のうちに屈強の島田魁（しまだかい）ほか隊士数名をつれて紫野（むらさきの）の大徳寺（だいとくじ）へ向かった。そこに大沢の宿舎があるのだ。

大沢は、いた。

あっさりと同道に応じた。新選組が来た以上、

——抵抗は、むだだ。

などと思ったのにちがいなかった。もっとも新選組はあくまでも浪士とりしまりの組織であって、旗本の子弟を詮議する権限はあたえられていない。土方はさっさと大沢を兵庫湊（ひょうごみなと）から船にのせ、江戸へおくり出してしまった。

処分はいずれ、幕府の評定所あたりで決定されることだろう。渋沢はこれ以降、ときどき屯所へあそびに来るようになった。ときには鉢四郎のこしらえた梅干し入りのにぎりめしを

食って、

「いやあ、うまい」

などと、めしつぶだらけの顔をほころばせもした。もともと人なつっこい若者なのである。

がしかし、やはりと言うべきか。

ほんとうに親しくなったのは、鉢四郎が勘定方を兼務するようになってからだった。鉢四郎がどんな初歩的な質問をしてもこの七つ年下の若者はいやな顔ひとつせず、明快に、ほとんど学者のような正確さでおしえてくれる。ついつい鉢四郎のほうも彼のためには特別に、にぎりめしに梅干しを六つ入れたり、ときには、

「ちょっと、時間(ひま)ができましたから」

と銀閣(ぎんかく)や清水寺への参詣にさそうこともある。鉢四郎には、ほとんど唯一の心がゆるせる相手だった。

ふたりは、ほどなく新屯所に着いた。

新屯所は、不動堂村である。すでに近藤局長の裁可ももらっているし、用地の収用もほぼすんだので、人足を入れ、ちょうど二日前に造成工事(かためぶしん)が終わったところだった。

「ここですよ、渋沢さん」

鉢四郎は、それを手で示した。

ただ広大なだけの土地だった。人の姿はない。雨だから人足は休みだし、近隣の住民には

立ち入りを禁止している。はじめのうちは瓦のかけら、木材のきれっぱし、屋根石などがそこらじゅうで小山をなしていたのも、いまはきれいに片づけられ、文字どおりの空き地だった。敷かれた砂はいまは黒っぽいけれども、雨があがり、よく晴れれば、もとの砂色にもどるだろう。

ふたりはそれを木津屋橋通のあたりから、つまり、北から南のほうへ見ている。土地のかたちは横にながい長方形で、奥には松尾大社の御旅所の高塀がそびえ、右手は水路（東堀川）でまっすぐ画されている。

左手には、お土居がある。

土がもりあがり、その上をどくだみか何かの枯れ蔓が覆っている。鉢四郎は、

「渋沢さん、ここにははじめて？」

「ええ」

「どうです」

と、その造成工事をたったひとりでやったかのように鼻をうごめかしたけれども、渋沢はこたえず、蛇の目傘をひょいと鉢四郎の手におしつけるや、雨のなかを駆けだした。

空き地のまんなかへんで立ちどまり、こちらを向く。

ひざをまげ、わらじをはいた右足で地をたたきはじめた。地面はきれいに均されているとはいえ、水がやはり音を立てて撥ねる。みるみる袴の裾がよごれる。鉢四郎は、

「ちょっと！　あの、どうしました……」

呼びかけが、耳にとどいたかどうか。渋沢は足をとめ、しかし顔は下を向いたまま、小さく二度うなずいた。

鉢四郎から見て左へくるりと体を向け、歩きだした。二、三歩でまた立ちどまり、こちらを向き、右足の地団駄をふみはじめる。それが終わると左を向き、ちょっと歩いて三度目の地団駄。……ようやくお土居の手前四、五間のところで六度目のそれをやったところで、首をひねり、

「菅沼さあん」

こちらへ大声をよこした。やや雨音がはげしくなったが、鉢四郎は、

「聞こえますよ、渋沢さん。いったいどうしたのです。これから異国へ行くのでしょう。かぜを引いたら……」

「境目」

「え？」

「ここが境目なのですね。旧町内と町外の」

鉢四郎は口をあけたまま、何も言い返せなかった。

そのとおりだったからだ。人足を入れた時点ではまさしく渋沢とお土居のあいだが原っぱの帯域になっていて、近所の者が勝手にたがやしたのだろう、壬生菜、なす、万願寺唐辛子

などが植わっていた。

もちろんそんなのは撤去したし、いまはもう地面の見た目はおなじなのだが、

(どうして、わかった)

こんな心のうちを察したのだろう、渋沢は、

「雨ですよ」

人さし指で天をさし、それから足もとを指さした。

「原っぱの部分は、まだ地固めが足りないのです。砂の下の土がふわふわしているから、雨がふると沈みこむ。いっぽう旧町内はもともと踏みしめられているから……」

鉢四郎は、こらえられなかった。傘をほうり出し、渋沢へ駆け寄る。

「あっ」

声が出た。たしかに渋沢の股の下、右足と左足のあいだには爪の先ほどの高さの差がある。右つまり旧町内のほうが高いのだ。

知らなければ気づかないだろう、しかし気をつけて見れば偶然ではあり得ない微妙なきざはし、自然と人工の共同作業。

「そういうわけです、菅沼さん。念のため手前のほうから確かめましたが、こっち側はもっともっと土砂を入れて、大槌で突き固めなければ。畑というのは要するに土の綿ぶとんなのだから……」

「手を抜いたと言いたいのか？」

鉢四郎は、むきになって言い返した。そんなことはわかっていた。土も砂もたくさん入れた。ただ少し不十分だっただけではないか。渋沢はなお好意あふれる口調で、

「いまなら間に合う」

「間に合わん。もう遅いんですよ渋沢さん。この雨があがったら七右衛門という名高い大工の棟梁が来ることになっている。もう建物の設計も終えているのです。彼らを待たせて地固めをやりなおすのでは、費用がよけいに……」

「むしろ安あがりでしょう」

「なんで」

「地面がしっかりしていれば、その上の建物はいくぶん柱が細かったり、屋根瓦が足りなかったりしても案外平気なものなのです。節約できる。そうして京の街はいまだにどんどん焼けからの復興のさなか。木材や瓦はえらく高価い。七右衛門だか六右衛門だか知らないが、棟梁なんぞ待たせたところで、もとは取れましょう」

「いや、そうだ、天然の理が味方する。雨があがれば地は固まる」

「ここは単なる屋敷地じゃない。馬場もつくるのでしょう？　大砲の稽古もするのでしょう？　天然の理にたよっていては地面に穴があきますよ。そのたび補修するのでは、長い目で見れば、結局のところ高くつく」

「長い目で見れば？」

「ええ」

「そんなもの」

反論しようとして、鉢四郎は、

(まずい)

さすがに口をつぐんだ。街のうわさを思い出したのだ。徳川の世は、この新選組は、もはや長い目で見ることができるほどの存在かどうか。

そんな疑いをちらりとも抱かないらしいあたり、この人はやっぱり、賢そうに見えて、

(徳川の、家内の人だ)

みょうにさみしく思ったとき、通りのほうから、

「おーい」

声がした。

ふりかえると、左之助だった。傘をさしている。さっき鉢四郎がすてた傘をひろい、二本さしつつ歩み寄り、

「工事(ふしん)が気になるか？」

「渋沢さんが。土を入れろと……」

と鉢四郎は口を切り、意見をあおごうとしたけれども、左之助は顔をゆがめて、

「まあ、いいやな、そんなこたあ。それより腹がへったろう。ほい」

左之助は傘の一本をよこし、あいた手をふところに入れて竹皮のつつみを出した。人さし指と親指でたくみに竹皮をひらいたら、なかには薄桃色のまんじゅうが二個、まだほんのりと湯気を立てている。すっぱい香りが鼻をつくのは、おそらく酒で蒸したのだろう。

鉢四郎が一個とり、

「どうしたのです？」

「例の、坂本さがしさ」

と左之助は鼻にしわを寄せて、

「会所で話を聞いたんだよ。七条通の鴨川をわたったところに中井屋(なかいや)っていう菓子屋がある、そこへひそんでるんじゃないかってさ。行ってみたら、ただの菓子屋さ」

「はあ」

「坂本どころか武士がひとりもいやしねえ。同業のべつの店がねたみそねみで言いふらしたってとこみたいでな。じゃまして悪かったから買ってやった。俺はもう三つ食ったんだ」

「はあ」

鉢四郎はそれにかぶりつき、こしあんが甘すぎると思った。左之助はもうひとつのまんじゅうを渋沢の胸へ突き出して、

「お前もどうだ」

「遠慮なく」

「なんでお前がここにいるんだ」

「それが」

と鉢四郎が割って入り、さっき言いかけて止められた話をむしかえしたところ、左之助は言下に、

「土を入れろ」

「え？」

「そいつは篤太夫が正しいよ、鉢四郎。新選組の屯所なんだ、お台場（海上砲台）でも築くつもりで仕掛けなきゃな。『遠き慮りなき時は、かならず近き憂いあり』さ」

（原田さん）

鉢四郎は、ことばをうしなった。

ほとんど青天の霹靂だった。論語を引用したことがではない。徳川の世の永続を信じているらしいことがでもない。いや、それらを少しずつ含んだ上での、ここでの左之助のふるまい全体がもう鉢四郎には意想外だった。

傘をひろってくれたこと。まんじゅうを買ってくれたこと。もっとも、まんじゅうは鉢四郎のためではないらしいが、それならそれで、見まわり先でわざわざ菓子屋のために詫び賃よろしく無駄づかいをしてやるなどという行為自体が優しすぎる。そんなことをする隊士な

ど、新選組には、これまでたったひとりしかいなかったではないか。

(私だ)

あの荒武者そのものの左之助が、いうなれば、鉢四郎と化している。そんなことがほんとうに、

(あり得るだろうか)

雨が、にわかに激しくなった。

頭上の傘がぼぼぼぼぼとさわぎ、一間先が見えなくなる。鉢四郎はつい、まんじゅうをすてて、

「原田さん」

「ああ?」

左之助がぐいと片耳をこちらへ寄せたのは、あるいは雨音できこえなかったか。鉢四郎はいっそう大きな声で、

「その『遠き慮り』のためには、やはり、斬らねばなりません」

「誰を」

「坂本龍馬を!」

「わかってら」

左之助はふんと鼻を鳴らし、顔をそらした。雨は翌日の夜までつづいた。

†

三か月後、瀬戸内海。

讃岐国に、箱ノ岬という岬がある。

丸亀のへんから北西へ短刀のごとく突き出した荘内半島の剣先にあたる。その沖は対岸に本州をのぞみつつ、その手前に無数の小島をばらまいて古来より航海の難所とされてきた。陸には灯台ひとつなく、その夜はさらに、乳を噴いたような濃霧がたちこめていたという。

ここにとつぜん、

めりっ

ばりばりっ

という巨大な音がひびいたのである。

蒸気船どうしの衝突だった。東から来たのは紀州藩船明光丸、排水量八百八十七トン。西からのそれは伊予国大洲藩船いろは丸、同百六十トン。船体規模の上からは大人と子供の衝突であり、しかもこの場合、大人の明光丸は、子供の右舷のまんなかへ頭から突っ込んで煙突をたおし、機関室をぶちこわした。

いろは丸は、沈没した。

その乗員三十五名はすべて明光丸に救助され、ひとりの死者も出なかったが、このことはむしろ明光丸には禍根になった。いろは丸の艦長は、事実上、あの坂本龍馬だったからである。坂本はこのとき海援隊という名の浪士集団というか、船仲間というか、まあ海軍もどきを組織していて、いわば非常勤の立場でこの船を運転していた。

坂本は、やくざも同然だった。

本州側の備後国鞆浦に上陸し、明光丸側との談判がはじまるや、

「貴船のおかげで、わがほうは人命の喪失をまぬかれました。感謝します」

などと挨拶だけでもすると思いきや、

「そっちが悪い」

と言い出した。明光丸の船長・高柳楠之助らは、もちろん、

「そっちが悪い」

と言い返さざるを得ない。もとより暗中の衝突である。議論はたちまち水かけ論になり、場所を長崎にうつしてもなお埒があかなかった。子供のけんかにひとしかった。

坂本はぜったいに引かなかった。とうとうほらまで吹きはじめた。船とともに沈んだ積荷については、越前出身の小谷耕蔵という海援隊隊士が、はやい段階で、

「米と砂糖です。あまり多くありません」

と明確に証言しているにもかかわらず、

「鉄砲じゃ」

胸をそらして断言した。

「わがご老公（旧土佐藩主・山内容堂）がにわかに上洛の用が生じ、それに合わせて兵器も運搬せねばならなかった。本来ならば士官のみ乗り組んでおればいいのだが、そんなわけだから、拙者がわざわざ同乗したのである。損失額は厖大である」

典型的な当たり屋の手口だった。背後に巨大組織のあることを暗示し、過大申告で心の圧力をかけ、そうして一文でも高い利を得ようとする。

あんまり決着がつかぬので、この件は、

――薩摩藩士・五代才助の調停をあおごう。

ということで双方合意した。五代はすでにして藩命によりヨーロッパ各国を視察したことがあり、船舶行政の事情にくわしく、こういうことのとりなしには公平最適という評判だったが、ふたをあければ、調停の結果は、

一、明光丸は、いろは丸を沈没させた非をみとめるべし。

一、したがって紀州藩は、約八万三千両の賠償金を支払うべし。

紀州側の一方的な敗北だった。むろん薩摩の意もあろう。いまや半公然と天下に反幕の姿

勢をあらわしている薩摩藩の藩士がわざわざ徳川御三家のひとつ紀州藩のために有利な裁定をくだすなどということは元来あり得なかったのである。それにしても勝敗があまりに明快だった。結局は、坂本のなりふりかまわぬ無理押しによるところが大きかったのだ。子供のけんかは、より子供であるほうが勝つのである。

その後、坂本は、あらためて積荷の目録を提出した。目録には米や砂糖、更紗（さらさ）だのいう平和的な品目ばかりが挙げられていて、鉄砲の二文字はついになかった。紀州側は、

――馬鹿にしている。

と憤ったが、たしかに馬鹿にしているのにちがいなかった。

†

右のしだいを聞いて、近藤は、

「……まことですか。三浦（みうら）殿」

ばちばちと音を立てて爪をかんでいる。海援隊などという新選組よりも小さな浪士集団が、こともあろうに紀州藩五十五万石を相手にして、

（勝つか）

世の中そのものが裏返ったようではないか。

「ああ。まことじゃ」

「なぜなのです。なぜ貴藩はそんな一方的な条件をのんだのです。三浦殿」

三浦とは、三浦休太郎。紀州藩の重役である。今回の件の責任者のひとりだが、しかし近藤のこんな詰問に対して身をちぢめることはせず、それどころか、

――愚問だ。

と言わんばかりにそっくり返って、

「仕方あるまい？　わが藩としては、大局的な見地から、解決を急がねばならなかった。おぬしのような武辺の者にはわからぬじゃろうが」

「大局的な見地？」

「世情じゃ」

鼻を鳴らし、背後の床ばしらへもたれながら、

「この時勢では、それが何より大事なのじゃ。小さい船と大きい船がぶつかれば、人はみな大きいほうを悪漢にする。一日和睦が遅れれば、そのぶんわが藩の体面が傷つく」

「世情など、気にしなければよい」

「この時勢じゃ。そうはまいらぬ」

「和睦は、貴殿のご判断ですか」

「藩の総意じゃ」

「世情。時勢。総意」

近藤もふんと鼻を鳴らし、この三浦という三十九だから近藤の五つ年上ということになる幕府方の有力者へ、

「三浦殿は、ずいぶんと大人数(おお)がお好きなのですな。ご自分ひとりの存念は……」

「気のきいたことを言うたつもりか。武辺の者が」

「かたじけのう」

「ほめておらぬわ」

三浦は、薄笑いしてみせた。

三浦休太郎、もともと紀州の人ではない。伊予国西条(さいじょう)藩三万三千石の上級藩士であり、おさないときから、

——神童。

と呼ばれるほど頭がよかった。

というより、記憶力がよかった。二十二歳のとき江戸に出て、幕府直轄の最高学府である昌平黌に入学したのも、この記憶力がものを言ったらしい。何しろ学科の中心が四書五経(ししょごきょう)だから、暗唱が得意というのは、ほかの何にもまして評価が高いのである。在学中の成績も

かなり優秀だったという。

西条への帰藩後、郡奉行に就任した。これはいいなか仕事だった。農村からの年貢の取り立てがおもな仕事だったため三浦はじき倦み、ふたたび江戸に出て、紀州藩の江戸屋敷に出入りしはじめた。これは一見、突拍子もない行動のようだけれども、じつは西条藩主の松平氏は、元来が紀州徳川家の分家である。三浦はいわば分家をとびだし、宗家にちかづいたわけだった。

そうして一種の政治屋になった。同志とともに当時の紀州藩主・徳川慶福を幕府の将軍につける運動に参加して、みごと実現させたため（第十四代家茂）、三浦の地位も確立した。三浦はこのころはもう事実上、日本の首都となっていた京洛の地へ派遣され、三条西洞院の藩邸において家老代理をつとめるまでになったのは、分家の出としては例を見ない出世だった。

要するに、紀州藩の京都支局長である。その威光は絶大である。三浦はこの日も、西本願寺へ使者をよこし、

――すぐ来るよう伝えよ。

という意味のみじかい口上を述べさせただけで近藤を紀州藩邸へ呼びつけた。

その上で、明光丸の顚末を、報告というより通告した。ことわるまでもなく三浦の言う「武辺の者」とは悪口ないし当てこすりで、実際のところは腕っぷしが自慢なだけの無教育

な男、もっと言うなら、

——愚鈍。

とほとんど同義なのである。だいたい近藤にこの通告をしたこと自体がもう親切心からでも何でもない。逆である。

「……そういうわけで」

と、三浦は、ことさら大きなため息をつくと、近藤をじっとりと横目で見た。そうして、秀才にありがちな無用に凝った言いまわしで、

「わが紀州藩は、この水難により、恥辱の極（きわみ）をこうむったと言わざるを得ぬ。坂本ひとりにやられたのじゃ。ここのところのことわけを痛切必死にかんがえろと申せば、近藤よ、おぬしの頭でもわかるであろう？」

「わかります。われわれにも責任の一端ありとおっしゃりたいのですな。坂本をいまだ処分し得ぬ……」

「一端ではない。ことごとくじゃ」

甲高く言われて、

「申し訳ありませぬ」

近藤はあわてて平伏しつつ、内心、

（おなじだ。あのときと）

昨年の秋、幕府が長州征伐に失敗した直後。あの戦争遂行の責任者である老中・小笠原長行にさんざん罵倒された日のことを近藤はみじんも忘れることをしていなかった。いわく、貴様らが懈怠していたからだ。だから薩長の秘密同盟が成り、長州が活気づき、自分はいくさに負けてしまった。無能。素浪人。……このたびの三浦休太郎は、その屋根の上にもう一枚、屋根をかけたにすぎなかった。紀州藩の操船下手をも新選組のせいにして。

(無能は、どっちだ)

近藤は、三浦にそう言いたい。

実際、そのことばは、あやうく唇をはなれるところだった。しかし無理に嚥下した。こんなところでみじめな仲間われをして、よろこぶのは薩長である。幕府方には三文の得にもならぬ。ここは大局のため、皇国のために、

(耐えろ。勝五郎)

近藤は、おのれを幼名で呼んだ。われながらどういう心事なのか、そうしなければ両手両足が勝手にあばれてしまいそうだった。そのいっぽうで、

(左之助はいったい、何をしている)

坂本暗殺を命じてからもう一年ちかく経つというのに、暗殺どころか、潜伏先もおそらく見つけていない。ときには加勢もつけさせているのに。近藤はとつぜん顔をあげ、立ちあがり、

「かえります」

三浦を見おろした。こんなところで時間のむだづかいはしていられない、そんな思いだった。

三浦の顔は、前を向いたままである。近藤ごときを見あげるなど、自尊心がゆるさないのだろう。右手をかざし、犬でも追うように手をふって、

「かえれ」

「失礼」

きびすを返し、立ったまま障子戸をひらいた。敷居をまたぎ、次の間の畳へ一歩、足をふみだしたところで、ふりかえり、

「そうそう、三浦殿」

「何じゃ」

「呼び出しの使者は、次回からは、あたらしい屯所へおつかわし下さい。西本願寺には留守の隊士数名がいるだけで、拙者はおりませぬ。その留守もじきに撤兵するでしょう」

「あたらしい屯所？　どこだ」

「不動堂村です」

立ったままの応答に、さすがに気がさした。近藤はやや口調をやわらげて、

「このお屋敷からは四半刻（三十分）も行けば着きます。いちどご視察をたまわれば、隊士

たちも意気に感じましょう」

お追従(ついしょう)を言ったけれども、三浦は、

「ふん」

顔をぷいと奥へ向け、みょうに白い、しわのないうなじをこちらへ向けるだけだった。馬鹿どもに意気に感じられたところで、

——おもしろくもない。

うなじがそう語っている。近藤は、一礼して退出した。

†

さらに五か月がすぎた。新選組はどうしても坂本を見つけることができなかった。このころになると京の街には、坂本がというより、土佐浪士そのものが払底(ふってい)してしまっている。みな国もとへ呼び寄せられて、

——洋式調練でも、受けているのだろう。

隊士たちは、そんなふうに言いあった。土佐藩はいまだ佐幕の態度をつらぬいていて、おもてむき薩長への同調のうごきはない。しかし何しろ時勢が時勢である。いつなんどき事態が変わり、ふたたび戦争ということになれば、

——わが藩も、薩長の要請をことわれぬ。

土佐藩の実質的な指導者である旧藩主・山内容堂は、そう見ているのかもしれなかった。

政局のほうでは、大事（おおごと）が起きた。

長州征伐のさなかに大坂城で病死した徳川家茂のあとを継いで第十五代将軍となり、ほとんど孤軍奮闘というような感じで薩長、朝廷、および諸外国との交渉に精励してきた徳川慶喜が、とつぜん各藩の代表者を二条城にあつめ、

——政権を、朝廷に返上する。

と声明したのである。

いわゆる大政奉還である。将軍みずからが将軍位を返納するという古今未曾有（みぞう）の措置により、二百六十五年つづいた幕府は消滅。以後はさらなる壮絶な政争が予想されることとなったが、京師の街の人々は、この大政奉還もまた、

——坂本龍馬が、献策した。

そんなふうにささやきあった。坂本がこの着想を土佐藩の重役の耳にふきこみ、重役が山内容堂の耳にふきこみ、山内容堂が幕閣の耳にふきこみ、そうして幕閣が慶喜の耳にふきこんで心をうごかしたのだという。

真偽のほどは、さだかではない。うわさはしょせんうわさだろう。けれどもこの場合、

（たしかだ）

近藤勇は、そう判断した。

近藤もいまや幕閣の一員なのである。さすがに大政奉還そのものに関しては直接見聞するところがなかったが、しかし大目付・永井尚志が少し前から山内容堂とたびたび会い、何やら密談を交わしていたことは小耳にはさんでいる。思いあたるふしがあるのだ。

とすれば、まさか将軍退位などという大背信の構想を山内容堂みずからが創案するはずはないのだから、話の出どころは彼の下僚、すなわち土佐藩浪士あがりの坂本という線は、

(じゅうぶん、あり得る)

そうして坂本は、いまだ日本のどこかを闊歩している。こんどは何をするつもりなのか。この国をどうするつもりなのか。近藤はひとしきり沈思すると、手をたたいて、

「誰ぞ」

大声を出した。

新屯所の自室である。たまたま近くにいたのだろう、菅沼鉢四郎がそろりそろりと障子戸をひらいて、

「お呼びで、局長……」

「原田君を呼べ。いますぐに」

「は、はい」

「はよう呼べ！」

鉢四郎はぴょこんと立ちあがり、障子戸を閉めるのもわすれて去った。鉢四郎には何の落度もないのだけれども、近藤は、われながら心のとげをどうしようもない。

†

大政奉還の一か月後、坂本龍馬は暗殺された。河原町蛸薬師下ルの醬油屋・近江屋の母屋の二階において盟友・中岡慎太郎とともにいたところを刺客数名にふみこまれ、斬られたのである。ほぼ即死だったという。この期におよんで入洛し、しかも市街の中心地にひそんでいたというのは、よほど放胆だったものか、それとも大政奉還の実現を見てうっかり安堵してしまったか。

暗殺の現場には、刀の鞘が落ちていた。鞘の色は、蠟色だった。うるしの黒のつややかさが印象的である。おまけに事件翌日の、土佐藩による店の者への聞き取りによれば、店の者は、刺客が斬りつけるさい、

「こなくそっ」

と気合いを発したのを耳にしたという。四国の方言ではないか。すなわち下手人はあらかじめ坂本に目をつけていて、蠟色の鞘の刀をたばさみ、なおかつ

四国出身の人間であろう。もとより剣技のたしかさは言うまでもないとあれば、そんな人間は、いまの京師にはたったひとりしかいないのである。

——新選組や。

——新選組の原田左之助が、龍馬はんを斬りよった。

街のうわさが、たちまち立った。数日後、近藤は永井尚志に呼び出され、

「そのほうらか」

近藤は即座に、

「たいへん残念なことながら、われらの仕業ではありませぬ。私のところに報告が来ていない」

「じゃあ誰だ」

「存じませぬ。おそらくは浪士どうしの仲間われか、あるいは……」

「あるいは？」

「薩摩か長州の手の者かと」

「薩摩か長州？　坂本と仲間ではないか」

「どうでしょう」

近藤は、われながらすっかり一剣客のものではなくなった重石のような言いぶりで、

「薩長はいまや、徳川方ともう一戦まじえようと新たに画策しているように見えます。坂本

は、その話の腰を折ったことになる」

「大政奉還でか」

「ええ」

「薩長は、開戦の口実をうしなった。坂本は裏切り者であると、こう申したいのじゃな？」

「推測にすぎませぬ」

「さがれ」

「はっ」

永井の顔は、最後までおっとりとしていた。もしも近藤の見立てが正しいならば、坂本殺しの責任の一端は、大政奉還を慶喜へ進言した永井自身にもあるはずなのだが、そういう可能性には思いが至らないらしい。

もしくは思い至っても、気にやむほどではないらしい。貴人というのはこれほど鷹揚（おうよう）に、

（生きられるか）

近藤は、そっとため息をついた。この人には坂本龍馬の命ひとつも、ひっきょう、書物の上の人名ひとつとおなじなのだろう。或る意味すがすがしい。他人をうらやましいと思ったのは生まれてはじめてかもしれなかった。

†

坂本暗殺の二十日あまりのち。

左之助は、酒宴の席に列している。

ぜんぶで男七人のみ。妓(おんな)もなく、舞いも謡(うたい)もなく、刺身のおかわりもゆるされぬ砂をかむような宴席である。

（つまらん）

左之助は、杯を膳に置いた。

ことり

という音がみょうに大きく部屋にひびく、それくらい静かな会だった。左では新選組の平隊士である相馬肇(そうまはじめ)、岸島芳太郎(きしじまよしたろう)がそれぞれ膳に向かっている。岸島は勘定方の長であり、鉢四郎の上司にあたり、剣の腕はまず中の下というところだった。鉢四郎よりはましである。向かいがわにはやはり三人。右から、

土方歳三

吉村貫一郎(よしむらかんいちろう)

斎藤一

であり、みな隊の幹部だった。そのありじごくのような金壺まなこがうっかり目に入ってしまうと、
気になるのは、やはり斎藤一である。左之助から見て、いちばん左の席を占めている。そ

（けっ）

一年半前の、あの加茂大橋での決着のつかなかった立ち合いが思い出されて胸がいたむ、というよりむかむかする。

斎藤もおなじ思いなのだろう。ほかの者とはことばを交わしても、ひとり左之助とは目も合わせようとしなかった。左之助と斎藤は、あれから旧屯所でも、新屯所でも、ひとことも口をきいていないのである。用事のあるときは、おたがい組下の者につたえさせるという不自然さだった。

おのずから、左之助の視線は右のほうへ行く。

右のほうには床の間がある。床ばしらの手前の上座（かみざ）には、肉のうすい顔つきの男がひとり、あたかも新選組の六人すべてを睥睨（へいげい）するように端座していて、手酌で杯をかさねている。

紀州藩家老格、三浦休太郎だった。

酒をつぐたびお銚子がカチカチと杯にあたるのは、手がふるえているのだ。このごろは毎晩このありさまらしく、左之助が、

（よっぽど、小心な）

などと内心あざ笑いつつ、自分のぶんを飲ろうとすると、しかし三浦はめざとく見とがめて、

「もう飲むな」

「まだ一合ですぜ」

「飲み食いのために呼んだのではない。わしじゃ。わしの護衛のためじゃ」

「でもまあ、これしき……」

「原田君」

割って入ったのは、土方だった。意味ある視線をよこしている。

――気持ちはわかるが、逆らうな。

そう言いたいのだ。新選組としては探索活動のため紀州藩邸を詰所にすることがあるし、それに三浦は、ふかい教養のせいだろう、朝廷内に親しい公家が多い。機嫌をそこねるわけにはいかない。

「わかったよ。副長」

左之助は身をそらし、投げるようにして杯を置いた。もっとも、ここは紀州藩邸のなかではない。

油小路花屋町下ルの料亭・天満屋の二階である。旅宿を兼ねる。三浦のふだんの滞在先だった。いくら家老格といえども籍はあくまで西条藩にあるため、制度上、藩邸には寝泊ま

りできないのである。

一種、通いの亭主のようなもの。その点あわれな人間ではあった。左之助が手をたたいて女中を呼ぶ。女中が来ると、

「めしだ。めしを持ってこい」

「あらあら、旦那はん、もうお酒は……」

「い、い、おささはご法度なんだとさ。そこの御仁が……」

「二本つけろ。燗で」

と口をはさんだのは、いましがた飲むなと言ったばかりの三浦である。左之助は目をしばたたいて、

「おいおい、自分だけ飲む気か。よくまあ臆面もなく」

「だまれ」

女中が、酒をはこんで来る。三浦は邪険に、

「もうよい。出て行け」

と追い払い、またカチカチと音を立てて手酌でやりだす。ほかの誰へもついでやらず、たったひとりで、雨樋に水をながすがごとく干すくせに顔が赤くならないのは、

(よほど、きもを冷やしている)

左之助はそう見た。これも毎晩のことらしいのである。土方が横から、

「なあに、三浦殿」

くつろいだ調子で呼びかけたのは、何とはなし仏ごころが湧いたのかもしれない。

「ご心配あられますな。われわれが命にかえてもおまもり申す。それにもう、あの事件から二十日余日がすぎました。やつらは来んでしょう」

「いや来る。今宵こそ。わしを殺しに」

三浦は、とうとう目を伏せてしまった。

三浦の恐怖は、まんざら根拠がないわけでもなかった。紀州藩はここのところ、街の人々から、

——坂本はんを殺めた、黒幕や。

とうわさを立てられていたからである。明光丸といろは丸のあの衝突事故のくさぐさで面目玉をふみつぶされた、その意趣返しのために藩士をえらび、近江屋へさしむけ、凶行におよばしめたのだ、うんぬん。

もとより冤罪である。紀州側はまったく何もしていないのだが、しかしどうやら坂本の手下たちは、つまり海援隊の連中は、このうわさをもろに信じたらしい。

——坂本先生の、かたきを討つ。

と息まいて続々と入京。ただしもちろん紀州藩全体を相手どることは不可能だから、いわば右代表として、京都支局長というべき三浦の首をねらっているという。

実際、新選組も、この動向をつかんでいる。三浦は話を聞くや、

「わしが、か、かたきと？」

両の瞳をまっしろにして、ほとんど絶叫したものだった。

「わしは坂本を殺してなどおらぬ。あやつは稀有な男子じゃった。敵ながらあっぱれと思うておる。新選組、わ、わしをまもれ。命じたぞ。おぬしら武辺の者も知っておろう、わしは藩邸におられぬのじゃ。どんな誤解を受けようと、どんな賊徒に目をつけられようと、あの塀のうすい料亭の二階で寝泊まりしなければならないのじゃ」

その日の晩から新選組は、つまるところ、この興ざめな宴席に駆り出されることになったわけだ。妓もなく、舞いも謡もなく、刺身のおかわりもゆるされぬ宴席。

新選組は、交代制にした。

夜ごと護衛者が入れかわるようにしたのである。よくある勤務体制ながら、三浦の目には、これがまた一種の不実と見えるのだろう。日ましに不機嫌になる、もしくは神経質になる。この晩、左之助にたった一合しか酒を飲むことをゆるさなかったのも、そんな神経質のあらわれなのにちがいなかった。三浦自身には剣の腕がない。せっせと飲むほかに時間を遣るすべがないのも、見かたによっては気の毒といえた。

三浦はまだ、手酌をつづけている。

カチカチの音も立ちつづけている。二本目がからになったところでお銚子を置き、ぶつぶ

つと、

「わしは黒幕などではない。断じて」

「まあまあ」

土方がやんわりと受けようとしたが、三浦はにわかに顔をあげ、目をつりあげて、

「貴様ではないか」

左之助をひたと指さした。　左之助は、めしを食う箸をとめて、

「はあ？」

「貴様が坂本を殺したのであろう。はよう天下に宣告しろ。でなければ、わしが、いつまでも……」

「俺じゃねえって」

「蠟色の鞘が」

「現場に落ちてたって話なら、耳にたこができるほど聞かされたよ。そんなの誰でも持ってるじゃねえか。例の『こなくそ』ってのもそうだ。剣客っていうのはどこの方言かはおかまいなく、めいめいの気合いをもってるもんだ。殺ったのは、どうせ見廻組あたりじゃねえか」

「じゃあ何をしていたのだ」

「誰が」

「貴様が」

「いつ」

「その晩だ」

「知らん」

左之助はふいに、火がついたように腹が立った。がちゃりと音を立てて箸をにぎりしめ、三浦のつらへ投げてやろうとした刹那、階下から、

「ちょっと、あんた」

大きな声がした。

この店のあるじ、惣兵衛のそれだった。みょうに切迫している。つづいて、どけ、通せの怒号。惣兵衛の悲鳴。階段を駆けあがり来る音。

がらり

と襖がひらいて、二十歳くらいの、顔の黒い浪人ふうが、

「三浦うじは、そこもとか」

三浦はまっさきに腰を浮かし、かぶりをふって、

「ちがう」

そうだと白状したも同然だった。或る意味、白状したかったのかもしれない。闖入者は、

「吉野郡十津川村郷士中井秀助が三男、庄五郎」

名乗りつつ刀を抜き、まともに斬りさげた。

三浦は、身をそらした。もともと運動神経のいい男ではないけれども、このときは、さすがに反応がはやい。中井の切っ先はほんの少しあごを斬っただけで畳に落ちた。三浦のあごから血があふれ出す。てらてらと黒ちりめんの羽織に落ちるのを見て、

「ひい。死ぬ。誰か。わしは死ぬ」

頭蓋をにぎりつぶされたかのような金切り声である。土方は、

「じき止まります」

と応じたものの、その顔はしかし三浦へ一顧をもあたえていない。

はじめから、中井のみを見ていた。あらかじめ膳の横に置いておいた脇差をつかみ、鞘から抜いて、立ちあがりざま、すくい上げるようにした。

中井は三浦しか見ていなかったから、これにはまったく不意をつかれた。その右腕が刀をにぎったまま胴をはなれ、空を飛び、がしゃんと膳の上に落ちて醤油をはねちらす。こんな一瞬のあいだにも敵はつぎつぎと入ってきて、

「土佐藩士、那須盛馬」

「い、もと紀州藩士、陸奥陽之助」

などと、いちいち名乗りをあげた。海援隊の名を出さなかったのは、あるいは累を仲間におよぼすことを避けているのか。新選組ののこり五名もみな膳の横の脇差をとり、立ちあが

って応戦したため、十畳の部屋はたちまち乱闘の舞台となった。

左之助も、やはり脇差一本である。

——大刀は、もちいるな。

というのは、今回の件につき、土方のつとに指示するところだった。

これはたしかに効果的だった。何しろこの天満屋というのは家のつくりが窮屈なのである。敵の大刀がやたらめったら低い天井を刺し、数多い柱を斬っているあいだに左之助はすばしこく右へ左へうごくことができる。土方の目が得た有利だった。

もっとも敵は、どんどん入ってくる。十人以上もいるだろう。そうなると有利は有利でなくなってしまう。想像を絶する人の密度のなか、左之助は、誰が敵で誰が味方かわからなくなった。身のこなしにも、おのずから限りが出る。

と。

目の前に、ふいに浪人があらわれる。これははっきりと敵だった。さっき二番目にここへ入ったやつ。

「那須盛馬と言ったな」

左之助が呼びかける。相手は下段にかまえつつ、

「申した」

「モリマ、モリマ、その名は聞いた。以前は大坂にひそんでいたな？　瓦屋町のぜんざい屋

で、谷三十郎、万太郎の兄弟が世話になった」

相手は、何かを思い出したらしい。きゅうに目を見ひらいて、

「テイキチの無念っ」

足をふみだし、強引に突きを入れてきた。左之助はあやうく右へ跳ぶ。跳んだ先には斎藤一がいて、ぶつかりあうような、抱きあうような体勢になった。斎藤は身を離しつつ、

「大事ないか」

これがじつに、一年半ぶりに左之助にかけたことばだった。左之助はにやりとしてみせると、横から那須がふたたび刺突してくるのを脇差でがっきと払って、

「楽なもんさ」

「いい呼吸だ」

「飲んでねえしな」

「二合目は？」

「このあとで」

「俺も飲もう」

斎藤は胸にしみるような笑顔を見せると、左之助のとなりに立った。ふたりで脇差をかまえなおし、那須へ反撃しようとしたとき、

「あっ」

部屋が、とつぜん暗くなった。

誰かが行灯（あんどん）の火を吹き消したらしい。と同時に、部屋中に、

「討ち取ったぞう。三浦を討ち取ったぞう」

ほうっておけば法螺貝（ほらがい）でも鳴らしそうな誇らしげな声である。ただし完全な闇ではない。行灯の火がまだひとつ、のこっていた。床の間にいちばん遠いそれのおかげで、かろうじて人の様子がわかる。刺客たちは、

「おう」

「おう」

うなずきあい、風のように部屋を出てしまう。那須盛馬もくるりと背中を向け、出口のほうへ駆けだしたが、途中でひろったのだろう、出ていくときには小脇にしっかりと何かをかかえていた。人間の首のようだった。

左之助も、斎藤も、これを追うことをしなかった。

刺客が全員、出て行ってしまうと、土方の指示で女中が呼ばれた。ふたたび行灯がともされる。新選組は全員、ほぼ無傷であることが判明し、女中や店のあるじにも特に被害はなかったが、ただし店の内外をよく調べたら、門のところの井戸がおかしい。

縄が、むやみと重いのである。新選組の吉村貫一郎がむりやり釣瓶（つるべ）をひっぱり上げると、

釣瓶の上には首がひとつ。ころりと庭草の上に落ちた。

敵方の一番乗り、中井庄五郎のものだった。土方がはじめに右腕を、ついで首を刎ねたのである。ほうりこんだのは那須盛馬だろう。仲間の首を置き去りにするにしのびなく、いったんは小脇にかかえたが、しかし逃走のさまたげになるので結局こうしたのだ。

ところで。

紀州藩家老格・三浦休太郎は。

床ばしらにもたれ、ぐったりと失神していた。あごの血はとまっていた。維新後は大蔵省に出仕し、貴族院議員、東京府知事、宮中顧問官などを歴任。名誉のうちに世を去ったのは明治四十三年（一九一〇）なので、八十一の長寿にめぐまれたことになる。刺客の側のもと紀州藩士・陸奥陽之助もまた幕末の風雲を生きのこり、陸奥宗光と名をあらためて農商務大臣、枢密顧問官、外務大臣などになったから、このふたりは、あるいは多少の交流はあったかもしれない。

†

天満屋事件。

と、のちに呼ばれることになるこの乱闘からわずか二日後、朝廷は、驚天動地のふるまいに出た。

王政復古の大号令を発したのである。

旧幕府方には寝耳に水だった。もともと徳川慶喜が大政奉還をおこなったのは、たとえ政権を返上したところで、

――朝廷には、荷がおもすぎる。結局はふたたび徳川に泣きつくだろう。

という読みがあったので、慶喜はいわば返り咲きを待っていたのである。そこへこの大号令である。

――朝廷は、朝廷のみで政治をやる。

と、はっきりと徳川拒否を旨としていた。徳川家は、ただの大名にすぎなくなったのである。

むろん背後には薩長がいる。実質的に薩長政権の誕生である。坂本龍馬が存命ならば決してゆるさなかっただろう、そうして死を賭してでも西郷隆盛、大久保利通といったような薩摩の盟友を制止しただろう好戦的すぎる宣言だった。

これを受けて、さらに二日後。

会津藩より新選組に、

――京洛の地を、ひきはらえ。

という命令がもたらされた。

理由はあまりにも論理的だった。幕府がこの世から消えた以上、幕府の任によりこれまで会津藩主・松平容保がつとめてきた京都守護職という地位もなくなる。その下部組織である新選組もまた、京にとどまる根拠をうしなう。新選組は、法的には、純粋に会津藩の一部になった。

——当日のうちに、出立せよ。

ということで、朝から屯所は大混乱になった。三百人からの隊士がみんな自分の荷物をまとめて行李に入れ、その行李をどさどさと荷車に積みあげたのだ。

なかには何を思ったのか、行李も何もなく、三十足の草履をひもでくくって載せたやつもある。鉢四郎はこのどさくさで、愛用の包丁一式をなくしてしまった。

「私の包丁。私の包丁」

「どけ。じゃまだ」

誰にも相手にされなかった。老僕の勘太もすがたが見えなかったのは、さっそく逃亡したのだろう。荷車はあっというまに足りなくなり、小荷駄方の隊士があわてて市中へ借りに出るしまつだったが、しかし本来、この組織では、荷車というのは軍備品である。下帯や草履などではなく、弾丸、砲弾、火薬をはこぶために存在する。

「何を、ばかな」

激怒したのは、近藤勇だった。

近藤も、もう登城の必要はないのである。屯所の広場を駆けまわりつつ、

「貴様ら、天下の形勢を見ろ。まず戦争準備(いくさぞなえ)であろう。私物(わたくしもの)など、あとだあとだ」

隊士たちはまごまごと荷物の積みかえをはじめたが、その作業をしながらも、

「われわれは、どこに行くのだ」

ささやきあっている。いくさぞなえと言われたところで、そもそも行き先がどこかも知らされていないのだから熱心になれるはずもないのだ。とはいえ近藤へじかに聞くのはこわいから、

「伏見か」

「江戸にもどるのであろう」

「いやいや。天下の形勢を見ろとおっしゃっただろう。あれは異国という意味だ。長崎から蒸気船に乗り、上海(シャンハイ)へ」

あてずっぽうの情報に一喜一憂した。結局、

――大坂天満宮(てんまんぐう)。

ということが判明したときには、日はもう中天にさしかかっていた。歩いて一日のところである。このたびの離洛はけっして敗北の故ではなく、そこで陣容をととのえて、あらためて京の薩長を、

――討つ。

そういう企図だという説明もなされたけれども、これはまんざら苦しい弁解でもないようだった。天満宮の境内は、大坂でいちばん広大な空き地のひとつなのである。滞陣には最適の場所というほかなく、ひるがえして考えれば、

（ただでは、すまぬ）

鉢四郎にも、そのことが肌でわかった。天下の形勢とは、すなわち戦争の形勢なのである。出発したのは、八ツ（午後二時）ころ。

まがりなりにも出陣である。新選組はおごそかに隊列を組んだ。しかしその組みかたは、鉢四郎から見ても、

（異様だ）

そうとしか思われなかった。

従来の体制からすれば、番組ごとにまとまるのがもっとも自然なはずなのだ。それぞれの組頭を前に立てて、一番組、二番組、三番組……と順おくりに練り歩く。ところが実際には、もはや番組という概念そのものが隊列になかった。局長、副長が率先するのは定法(じょうほう)どおりだが、つづくのは一番組組頭・沖田総司ではない。五十人あまりもの、

——局長付。

と呼ばれる前衛専門の部隊だった。

そのつぎに沖田総司、永倉新八、井上源三郎、斎藤一といったような副長助勤、つまり旧

編制における組頭たちが十把ひとからげに列をつくる。そのつぎをようやく平隊士がぞろぞろと行くわけだ。いちおう五、六人ごとに伍長にひきいられているものの、これもまた、まとめて平隊士のまとまりだろう。

要するに、階級順なのである。階級順にさらに前衛部隊という機能性をつけくわえた、まさしく近代的陸軍式そのものの編制だった。

事務方は。

むろん、平隊士のうしろだった。鉢四郎はほかの勘定方の面々とともに列に入り、はじめの一歩をふみだすのを待っている。ながい行列の先頭が門を出て、まんなかあたりが動きだして、ようやく鉢四郎は歩きはじめた。

歩きつつ、となりの上司、岸島芳太郎へ、

「解隊ですね」

岸島はただ、

「うむ」

聞いてくれたのかどうか。鉢四郎はなお語を継いで、

「新選組は、解隊したのです。これはもう組じゃない。われわれは新選軍になってしまった。個性ある剣士たちの梁山泊ではなく、単なる組織に」

岸島は前を向いたまま、

「もうよせ」

鉢四郎はようやく表門を抜け、木津屋橋通に出た。

（もう、来ない）

激情に駆られ、ふりかえった。門には、

新選組本陣

の表札がある。旧屯所から持って来たものだが、逆に言うなら、この表札のほかに昔日のなごりはなかった。高塀（たかべい）の内側にぐるりと設けた平隊士用の長屋も、敷地の奥にいかめしく建てた式台つきの、まるで大名のそれのような広壮な御殿も。

道場も、牢屋も、太鼓櫓も。すべて新調品であり、鉢四郎にはわが子にひとしい造作（ぞうさく）だった。御殿の手前には広大な調練場がある。

地固めは完璧のはずだった。鉢四郎は結局のところ、そろばん上手の一橋家家臣・渋沢篤太夫のあの忠告を受け入れて、さらにたくさん土砂を入れ、大槌でどかどか搗かせたのである。おかげで何ひとつ仕事ができず、幾日間もただ待たされっぱなしだった大工の棟梁の七右衛門が、ついに、

「こっちも忙しいんや。何しとんねん」

堪忍ぶくろの緒が切れて、鉢四郎の胸ぐらをつかんだのは、ことし一月のことだった。鉢四郎も必死だった。

「聞きわけてくれ。たのむ。長い目で見れば、これは必須の作業（ふしん）なのだ」

などと弁解したけれども、現在は、おなじ年の十二月。まだ一年も経っていないというのに、

（もう、去るのか）

鉢四郎は、洟（はな）をすすった。

ぶっくりと下のまぶたが熱くなった。長い目で見るどころの話ではなかったではないか。もっとゆっくり住みついて、ねんごろに自分の仕事とつきあいたかった。もっと料理（まかない）がしたかった。

と、

「足をとめるな！」

一喝したのは、左之助だった。

「は、原田さん」

「未練だぞ。前を見て歩け」

左之助は、鉢四郎のすぐうしろに位置していたのである。隊列全体の最後尾でもあった。いくら新選軍といえども、しんがりはやはり旧来の武士が

つとめねば、

——陣がまえを、なさぬ。

と近藤が判断したのだろう。いうなれば、そこだけはまだ侍の場所だったのである。鉢四郎は、

「すみません」

あわてて前を向き、しばらく歩いた。水鶏橋(くいなばし)で鴨川をわたり、竹田の街が見えるあたりで、

(向こうに着いたら、みんなの食事は)

そのことが気になり、

「原田さん」

ふりかえると、左之助はいない。

十番組はいる。あるじのいない隊士たちが黙々と、うつむきつつ足をはこんでいる。そのなかにはあの顔なじみの年上の伍長・上浦金吾の温厚な顔もあったけれども、鉢四郎と目が合うと、

——俺は、知らん。

とでも言いたげに首をふった。

†

どこへ行ったか、鉢四郎にはわかっている。

「すぐ、もどります」

と岸島に言い置いて列をはなれ、水鶏橋から洛中へふたたび入った。

通いなれた路地をひょいとまがる。行き先はおまさの家。

(まちがいない)

妻の家へ、息子の家へ、左之助はかえったのだ。

そこはまた、鉢四郎もかぞえきれぬほど訪れた場所だった。いつもはいきなり裏へまわり、庭木戸をひらいて縁側へ直行したものだったが、この日はちがう。あえて通りに面した門から入り、横へ逸れ、家の板壁と塀のあいだの狭いすきまから庭へ抜け出ようとした。出たところで右を向けば、二、三間先が縁側である。

(いた)

鉢四郎はあわてて板壁のかげに隠れなおし、ほんのわずか顔を出した。片目で見るような不自由な姿勢でも容易にわかるほど、それほど左之助は、

「おまさ。おまさ」

ぐしゃぐしゃに泣いていた。こちらから見ると左のほうを向き、縁側の上に正座している。その両ひざは、茶でもこぼしたように黒く広くぬれていた。

泣きながら、左之助はふところへ手を入れた。水ぶくれしたような財布をとりだして妻の胸におしつけ、

「小判、丁銀、豆板銀、とりまぜて二百両はある。どさくさまぎれに勘定方の帳箪笥からぬすみ出してやった。当面、暮らしは立つだろう。達者でな。達者でな。新選組はもういかん」

おまさは表情をつくる余裕もないのか、無表情というより、むしろ不機嫌に見える目で、

「旦那様……」

「俺もだめだろう。茂をたのむ。りっぱな武士にしてやってくれ。茂と、この子を」

左之助はがばりと身をかがめた。

顔をこちらへ向け、おまさの腹へ頬ずりをした。おまさの腹は、大迫りに迫り出している。鉢四郎は知っている。それが臨月の腹であり、いますぐ産気づいたとしてもおかしくない状態であることを。しかしそれにしても左之助のふるまいは、人の目がないとはいえ、りっぱな武士にはあり得ぬものだった。鉢四郎はあやうく目をそらしそうになった。

おまさの横には、長男の茂がすわっている。

すわったまま目を閉じ、ぐらぐらと前後へ頭がかたむいている。昼寝していたところを起

こされたものの、まだ目がさめないのだろう。もうじき二歳になるとはいえ、まだまだ赤んぼうのようだった。

「……茂さん」

つぶやいた声色が、われながらびっくりするほど父親らしい。つづいて、

「原田さん」

小声で呼びかけた。鉢四郎にはこの光景は、まことに、

（意想外）

ではなかった。

きわめて正確に予測どおりだった。左之助がこんな懦夫になりさがったのは、きのうきょうの話ではない。まだ茂が生まれたばかりのころ、あの誘拐事件のときにはもう種が心に根をおろしていた。

瘧で死ねだの何だのとさんざん言っていたのは単なる強がりならまだしも、いま思うと、恐怖のあらわれだったのだろう。おのれの精神の刃がなまくらになることへの恐怖。むなしい抵抗。おそらくは斎藤一をはじめ、土方も、近藤も……少なからぬ隊士がわかっていたにちがいない。所帯をもつことの幸福が、左之助を、ひとりの快男児を、まったく腑抜けにしてしまった。坂本龍馬が暗殺された晩にしても、左之助は、この家で安逸をむさぼっていたのにちがいないのだ。

いや。

家庭のみが理由ではない。

鉢四郎はそう思った。もともと新選組そのものが以前から覇気をうしなっていたのだ。証拠は天満屋事件だろう。鉢四郎はそのあらましを上司の岸島芳太郎から聞いて、

（ほんとうか）

愕然とした。

（新選組は、敗北した）

そう確信したほどだった。海援隊だろうが何だろうが、しょせん船員あがりの刺客である。池田屋事件のころの新選組なら一も二もなく返り討ちにし、死体の山をきずいたところではないか。

こっちも死者が出ることをいとわず、悪鬼となり、羅刹となり……ところが実際は土方歳三が——あの峻酷霜烈の土方が——行灯の火を吹き消したのである。

三浦を討ち取ったぞうなどと嘘までついて戦闘をうやむやにしたのである。なるほど要人をまもるという所期の目的は果たしたにしろ、これが最後の事件では、新選組などというものは、とっくのむかしに、

（芯から、溶けていた）

いまさら隊伍の列をならべなおし、かたちばかり近代陸軍になったところで何になるだろ

う。階級順だろうが機能性だろうが関係ない。しょせんは弾込めをしていない大砲ではないか。この組織は、たしかに、

（もう、いかん）

そう思うと、鉢四郎は、ひとりでに体がうごいた。

足をふみだし、板壁のかげから出た。そうして縁側のほうへ、

「原田さん」

左之助がびくりと身を起こし、こちらを向いて、

「……鉢四郎」

「原田さん。おまささん」

鉢四郎は、はっきりと呼びかけた。大した理由ではない。そのことは自分でもわかっていた。鉢四郎はただ参加したかった。どのみち自分も助からないだろう。戦場の土塊（つちくれ）となるのだろう。……自分もこれまで毎日おまさにめしを食わせ、縁側に盥（たらい）を出し、茂を湯浴みさせてやったのだ。ひとこと別れを告げさせてもらってもいい。

が、左之助は、ほとんど恐怖の表情を浮かべて、

「おい」

おまさに目くばせをした。おまさは涙をながしていたが、我に返り、胸に抱いていた財布をとつぜん背中のうしろへまわした。鉢四郎は手をのばして、

「あ、ち、ちが……」

「もう行くぜ」

おまさへ邪険に言うや否や、左之助は立ちあがり、庭石へとびおりた。草履をはき、いっさんに庭木戸を出てしまう。鉢四郎はおまさを見た。おまさは目を合わせない。両手をうしろへまわしたまま、かたくなに横を向くばかり。

鉢四郎はため息をつき、一礼した。左之助のあとを追って走りだし、庭木戸を出たところで、背後にわっと泣き声を聞いた。茂が目をさましたのだろう。もうすぐ二歳になる男の子の、すこやかな、活力みなぎる声にまるで後押しされるようにして、鉢四郎は足をはやめ、息せききって、あの隊列にもどろうとした。

解説

末國善己
（文芸評論家）

幕末の京で、尊王攘夷派を取り締まった新選組は、今も世代を超えて愛されている。それは攘夷を唱えながら海外から最新の武器を輸入するなど変節した男たちが明治維新で成り上がるなか、新選組が最後まで幕府に忠義を尽くしたのも大きいだろう。

だが江戸幕府が倒れ、尊王攘夷派が新政府を作った明治以降になると、新選組は〝維新の元勲〟の同志を暗殺した〝逆賊〟として語られるようになる。そのことは、新選組を「暗殺毒害およそありとあらゆる陰険な手段」を取る組織とした大佛次郎『鞍馬天狗』の第一話「鬼面の老女」や、タイトルとは裏腹に新選組が活躍しない白井喬二『新撰組』などの小説が書かれたことからもうかがえる。

新選組の復権は、現在も古典的研究として評価が高い子母澤寛『新選組始末記』と平尾道雄『新撰組史』が刊行された一九二八年から始まり、人気を決定付けたのは、司馬遼太郎が新選組隊士のエピソードを連作形式で描いた『新選組血風録』とオルガナイザーとしての土方歳三に着目した『燃えよ剣』を書いた一九六〇年代になる。司馬の二作が、最高のはまり役とされる栗塚旭の土方歳三、舟橋元の近藤勇、島田順司の沖田総司でドラマ化されたことも、新選組ブームの追い風になったとされる。

司馬を始め高度経済成長期に発表された歴史小説は、幕末最強の剣客集団で、局中法度という厳格なルールで隊士を管理した新選組を、徹底した経営の効率化で世界市場に打って出ていた日本企業に重ね、組織と個人のあり方を問う作品が多かった。その後も新選組ものは書き継がれていくが、二〇一〇年代半ばになると、小松エメル『夢の燈影』、門井慶喜『新選組颯爽録』など、一九七〇年代、八〇年代生まれの若手作家が参入、新選組隊士を非情な剣客や、混迷の幕末を駆け抜けたヒーローとするのではなく、悩みもすれば苦しみもする等身大の存在とする新機軸を打ち出したのである。

家業の質屋を継いだ宮沢政次郎の視点で息子の賢治を描き、天才作家とされてきた賢治をごく普通の若者として捉え直した『銀河鉄道の父』で第一五八回直木賞を受賞した著者が、受賞後第一作として刊行した本書『新選組の料理人』は、『新選組颯爽録』に続く著者の新選組ものの第二作である。独立した物語ではあるが、剣の達人とされてきた土方歳三を剣の才能がなかったとするなど、前作を踏襲した設定や世界観もあるので、『新選組颯爽録』を読んでおいた方が本書をより楽しめるはずだ。

第一話「新選組の料理人」は、長州藩と会津藩、薩摩藩などが中心の幕府軍が京の市街地で戦った蛤御門の変による大火（いわゆるどんどん焼け）の場面から始まる。消火活動に駆り出された鉢四郎は、おきよを連れて伏見に避難するおこうと別れてしまう。

その直後、新選組は、会津藩から被災者に炊き出しをして欲しいと頼まれる。これには、炊き出しを行って民心を摑んだ薩摩藩に対抗する政治的な目的もあった。

新選組の炊き出しの粥を食べた鉢四郎は、「うまいか？」との問いに対し否定の意思を伝える。思わず粥を美味しくするアイディアを口にした鉢四郎は、炊き出しをしていた原田左之助に、強引に新選組に入隊させられ料理を作ることになる。

福山藩士の四男だった鉢四郎は瀬戸家の養子になるが、妻と義父が親密すぎて居心地の悪さを感じていた。ある時、出張に行った鉢四郎は、庄屋の山川家で次女のおこうと関係を持ち、妊娠させてしまう。それが原因で離れに押し込められたおこうを救い出し京に向かった鉢四郎だが、開いた習字教室に生徒は入らず、料亭の女中になったおこうの稼ぎで暮らしていた。一日中、家にいる鉢四郎は、生まれた娘おきよの離乳食を作るうちに料理に魅了され、今では難しい鱧の骨切りもできるようになった。

男が外で働き、女が家事、育児で家庭を守るというのが、日本の伝統的な家族だと考えている方がいるかもしれないが、こうした分担が広まったのは近代以降である。江戸時代は（身分による違いはあったが）農家、商家、職人は家族総出で家業を支えていたし、都市部の長屋では夫婦共働きが普通だった。また子供が家を継ぐのが常識だったので、家業の秘訣や交遊関係を伝えるため育児の主役は武士、町人を問わず父親が担っていた。そのことは、良妻賢母教育が浸透した明治三〇年代に福沢諭吉が書いた『新女大学』に「妊娠出産」は「婦人」にしかできないが、「父たるものは、その苦労を分かち、たとい戸外の業務あるも事情の許す限りは時を偸んで小児の養育に助力し、暫くにても妻を休息せしむべし」とあることからも見て取れよう。

現在では、サラリーマンと専業主婦の家庭は少数派になり、政府が男性の育児休業を推奨するなど、日本人の家族観が変化しつつある。生活費は妻が稼ぐ専業主夫であり、剣の腕ではなく料理の腕を見込まれて新選組に入る鉢四郎は、正確な時代考証をベースにして、現代人が共感できるキャラクターとして生み出されたといえる。

新選組が三千俵の米を備蓄していると知った鉢四郎は、京の町衆が驚く炊き出しを作るが、それが思わぬ騒動を巻き起こしてしまう。災害が起こると、必ずといってよいほど被災者が必要とする物資と実際に届く支援物資とのミスマッチが問題になる。「新選組の料理人」は、真に被災者が求める支援のあり方や、入手困難な商品を転売目的で買い占める転売行為の是非など、現代と重なる社会問題を問い掛けており考えさせられる。

続く「ぜんざい屋事件」は、新選組の大坂支部が土佐勤王党の拠点を襲撃したぜんざい屋事件の秘話となっている。

物語は、近藤勇に命じられた左之助が、大坂の新選組の束ね役である谷万太郎を訪ねる場面から大きく動き出す。左之助は、伊予松山藩の中間だったが出奔し、大坂で谷万太郎に槍術を学び、江戸で近藤勇の道場・試衛館の客分になり、浪士組に参加した試衛館の仲間と上洛した。新選組の結成後は、芹沢鴨一派の粛清、長州藩の間者・楠小十郎の斬殺、池田屋事件、蛤御門の変、油小路事件など、新選組が関係する主要な戦闘にはすべて参加したとされる。左之助には、中間をしていた頃に切腹をしてみせ腹にその時の傷跡が残っていたとされたり、一時期、坂本龍馬暗殺犯として疑われたりといった逸話が残っている。こうした左之助にまつわる史実や巷説を知っていると、それらを巧みに物語の中に織り込んだ著者の仕掛けがより面白く感じられるだろう。

甘党の万太郎の弟子が石蔵屋というぜんざい屋に入ったところ、看板商品のぜんざいはまずく、添えものの昆布も鰹だしとみりんで味付けした佃煮になっていた。それが土佐風の味付けだと気付いた万太郎は、ぜんざい屋が土佐浪士の拠点になっていると考えた。左之助は、その真偽を料理の腕が確かな鉢四郎に確認させようとする。

料理の味が事件解決の手掛かりになる「ぜんざい屋事件」は、一種の料理ミステリになっていて、事態が二転三転する終盤はミステリ出身の著者の面目躍如といえる。

左之助は、新選組の幹部としては珍しく妻帯していた。「結婚」はタイトルそのままに、左之助とおまさの結婚が描かれている。おまさは一九三〇年まで存命で、子母澤寛『新選組始遺聞』所収の「原田左之助」で、夫の左之助について証言（正確には、まさの孫婿・岩田承平が聞き取った内容を子母澤がまとめた）している。

結婚の宴席の途中、近藤が先導する形で伏見に繰り出すことになり、新妻を残して左之助も同行した。近藤が目指したのは、船宿の寺田屋だった。それから左之助は、何度も近藤と寺田屋に足を運び、おはるという女中を呼ぶようになる。

周到に張り巡らされた伏線から、近藤が寺田屋に通った理由やおはるの正体が浮かび上がる「結婚」も、ミステリタッチの物語である。幕末維新の英雄たちが思わぬ場所に顔を出すのも読みどころで、オール・スターが揃い踏みしたといえる。

左之助の息子・茂が誘拐される「乳児をさらう」は、誘拐ミステリである。

鉢四郎は、幹部の家に届ける弁当を作っていた。ある朝、鉢四郎の使いを名乗る男が左之助の家を訪ねると、おまさを当て身で倒し茂を攫ったという。犯人は鉢四郎が賄方であることなど、明らかに新選組の内情を熟知している。犯人は左之助を恨む内部犯か？　そう思わせて隊内の対立を煽る尊王攘夷派の仕業か？　一見すると誘拐とは関係なさそうな新選組屯所の移転問題、左之助と斎藤一の確執などが、意外な形で事件とリンクし驚愕の真相を導き出す展開は、圧巻である。

鉢四郎がどんどん焼けの火災で妻子と離れ離れになり、左之助の結婚と息子の誘拐を描く二作がある本書は、結婚している幹部はいるが、平隊士に妻帯者はおらず、それは新選組に入っているのが家督が継げない二男以下であること、危険な仕事ゆえに恋人がいても相手の親に結婚の許可がもらえないといった隊士の結婚事情も浮き彫りにしている。これは、収入が低いために結婚、出産を躊躇する若い世代が増えている現代の状況に近いだけに、身につまされる読者も多いのではないか。

そして最終話「解隊」では、新選組の終焉が描かれる。戊辰戦争を転戦して箱館で戦死した土方歳三と行動を共にした隊士も少なくないので、新選組の消滅は一八六九年の箱館戦争の終結後とされる。だが著者は、もっと早い時期に（現代的な表現を使えば）新選組という鉄の組織の心が折れていたとしている。それを象徴しているのが、結婚し子供を持ったことで死を恐れ、優しくなった左之助の変化である。

司馬の『燃えよ剣』の影響もあり、新選組は暗殺を確実に成功させるため徹底した改革を行った組織とされることが多い。ところが本書では、事業拡大をしたい近藤と本来の業務をブラッシュアップしたい土方の思惑がズレていたり、西洋式の軍隊にする訓練が進まなかったり、先々の世の動きが読めず判断が遅れたりと、弱点の多い組織とされている。これは現代の日本企業も同様で、長時間労働が正しいと信じ、幹部や上司に絶対服従を強い、男女の待遇に平然と差をつけるなど、社会の変化に気付かず旧態依然とした不条理を押し通す経営者も少なくない。家族を大切にするという新たな価値観を見付けた左之助が、個人を圧殺していた新選組と決別するラストは、大企業は倒産しない、我慢をして定年までたどり着けば老後も安泰などの〝神話〟が崩れ、組織が個人を守ってくれなくなった時代に、小さな個人は組織と、その背後にいる国家や社会とどのように向き合えばいいのか、考える機会を与えてくれるのである。

さて著者は本書の後も、板垣退助を主人公にした『自由は死せず』、『家康、江戸を建てる』の姉妹編ともいえる『東京、はじまる』、東山山荘で様々な文化を華開かせた足利義政に着目した『銀閣の人』など歴史小説の傑作を発表しているが、まだ新選組ものの三作目は刊行されていない。本書に続く新選組ものが、早期に執筆されることを期待したい。

【初出一覧】

新選組の料理人　「小説宝石」二〇一六年八月号
ぜんざい屋事件　「小説宝石」二〇一六年十二月号
結　　婚　「小説宝石」二〇一七年五月号
乳児をさらう　「小説宝石」二〇一七年八月号（掲載時「嬰児誘拐」）
解　　隊　「小説宝石」二〇一七年十一月号（掲載時「解隊の予感」）、二〇一八年二月号

※本書は、二〇一八年五月、光文社より刊行された作品を文庫化したものです。

本扉イラスト／浅野隆広
本扉デザイン／泉沢光雄

光文社文庫

新選組の料理人
著者　門井慶喜

2021年2月20日　初版1刷発行

発行者　鈴木広和
印刷　萩原印刷
製本　榎本製本

発行所　株式会社　光文社
〒112-8011　東京都文京区音羽1-16-6
電話（03）5395-8149　編集部
8116　書籍販売部
8125　業務部

ISBN978-4-334-79160-5　Printed in Japan

組版　萩原印刷